Während seiner Schaffensjahre befragte Cesare Pavese permanent sich selbst und seine Arbeit. Aus seinem Tagebuch ›Das Handwerk des Lebens‹ geht hervor, wie wichtig für den eigensinnig realistischen Erzähler, der seine Geschichten und Gedichte fast ausschließlich in Turin, den piemontesischen Stadtperipherien und auf den ländlichen Hügeln der Umgebung ansiedelte, der Rückgriff auf die antiken Mythen für sein Schreiben war. Nach seiner Einsicht sei die Urform aller Literatur, als Schau der Welt, in den Mythen bereits vorweggenommen. Um die Taten und das Verhalten von Göttern, Heroen, Nymphen, Kriegern, Hirten für Leser unseres Jahrhunderts nachvollziehbar zu machen, erzählte Pavese für seine ›Gespräche mit Leuko‹ die alten Topoi neu. Pavese: »Wir sind überzeugt, daß eine große Offenbarung nur aus dem hartnäckigen Beharren auf einer ebensolchen Schwierigkeit hervorgehen kann. Wir haben nichts gemein mit den Reisenden, den Experimentierern, den Abenteurern. Wir wissen, der sicherste – und rascheste – Weg zum Staunen ist der: unerschrocken immer den gleichen Gegenstand fest im Auge behalten. Auf einmal erscheint uns dieser Gegenstand – wunderbar – so, als hätten wir ihn niemals gesehen.« Pavese hielt die ›Gespräche mit Leuko‹ für sein wichtigstes Werk. Bevor er aus dem Leben schied, hatte er ein Exemplar neben sich gelegt.

Cesare Pavese wurde 1908 in San Stefano Belbo/Cueno als Sohn eines Justizbeamten geboren, studierte Literaturwissenschaften in Turin, wurde Lehrer, anschließend Lektor bei Einaudi; vom faschistischen Regime nach Kalabrien verbannt; 1950 wurde Pavese mit dem bedeutendsten italienischen Literaturpreis, dem Premio Strega ausgezeichnet; wenige Monate später beging er Selbstmord in einem Turiner Hotel.

Von Cesare im Fischer Taschenbuch Verlag: ›Am Strand‹ (Bd. 5303), ›Die einsamen Frauen‹ (Bd. 5305), ›Der Genosse‹ (Bd. 5302), ›Das Handwerk des Lebens – Tagebuch 1934–1950‹ (Bd. 9282), ›Der schöne Sommer‹ (Bd. 5899), ›Der Teufel auf den Hügeln‹ (Bd. 5965), ›Unter Bauern‹ (Bd. 5304), ›Der böse Blick‹ (Bd. 5347), ›Nacktheit‹ (Bd. 5349), ›Die Selbstmörder‹ (Bd. 5348), ›Hunger nach Einsamkeit. Sämtliche Gedichte‹ (Bd. 10552).

Cesare Pavese
Gespräche mit Leuko

Deutsch von Catharina Gelpke
Mit einem Nachwort
von Johannes Hösle

Fischer Taschenbuch Verlag

Veröffentlicht im Fischer Taschenbuch Verlag GmbH,
Frankfurt am Main, Oktober 1991

Lizenzausgabe mit freundlicher Genehmigung
des Claassen Verlags GmbH, Düsseldorf
Die italienische Originalausgabe erschien 1953 unter dem Titel
›Dialoghi von Leuco‹ im Verlag Giulio Einaudi, Turin

Neuausgabe 1989

Umschlaggestaltung: Buchholz / Hinsch / Hensinger
Umschlagabbildung: Giorgio de Chirico ›Due guerrieri con cavalli‹

Druck und Bindung: Clausen & Bosse, Leck
Printed in Germany
ISBN 3-596-10567-6

Gespräche mit Leuko

Wir wären, wenn möglich, gerne ohne soviel Mythologie ausgekommen. Nun sind wir jedoch überzeugt, daß der Mythos eine Sprache ist, ein Ausdrucksmittel – also nichts Willkürliches, sondern ein Sammelbecken von Sinnbildern, dem – wie allen Sprachen – eine besondere und anders nicht wiederzugebende Substanz von Bedeutungen innewohnt. Greifen wir auf einen Eigennamen, eine Gebärde, ein mythisches Wunder zurück, so drücken wir mit halber Zeile, in wenigen Silben ein synthetisches und umfassendes Geschehnis aus, einen Realitätskern, der einen ganzen Organismus der Leidenschaft, des menschlichen Seins, einen ganzen Gedankenkomplex nährt und belebt. Sind uns dieser Name, diese Gebärde von Kindheit und Schule her vertraut – um so besser. Die Beunruhigung ist echter und schärfer, wenn ein vertrauter Stoff durch sie aufgerührt wird. Hier haben wir uns mit dem Gebrauch der hellenischen Mythen begnügt, deren verzeihliche Popularität und unmittelbare, traditionelle Annehmbarkeit schon gegeben sind. Wir verabscheuen all das, was ungeordnet, regellos, zufällig ist, und versuchen uns – auch im Stofflichen – zu beschränken, uns einen Rahmen zu geben, in einem abgeschlossenen Daseinsraum zu bleiben. Wir sind überzeugt, daß eine große Offenbarung nur aus dem hartnäckigen Beharren auf einer ebensolchen Schwierigkeit hervorgehen kann. Wir haben nichts gemein mit den Reisenden, den Experimentierern, den Abenteurern. Wir wissen, der sicherste – und rascheste – Weg zum Staunen ist der: unerschrocken immer den gleichen Gegenstand fest im Auge behalten. Auf einmal erscheint uns dann dieser Gegenstand – wunderbar – so, als hätten wir ihn niemals gesehen.

Daß Ixion aufgrund seiner Verwegenheit im Tartarus endete, ist wahrscheinlich. Falsch hingegen ist, er habe aus den Wolken die Kentauren geschaffen. Diese waren zur Zeit, da sein Sohn sich vermählte, bereits ein Volk. Lapithen und Kentauren entstammen jener titanischen Welt, in der es den verschiedensten Naturen erlaubt war, sich zu vermischen; so wuchs die Zahl jener Ungeheuer, gegen die der Olymp sich dann unversöhnlich gezeigt hat.

Die Wolke

(Es sprechen die Wolke und Ixion)

DIE WOLKE Es gibt ein Gesetz, Ixion, dem man gehorchen muß.

IXION Das Gesetz gelangt nicht hierherauf, Nephele. Hier ist der Schneeberg, der Sturm, die Finsternis das Gesetz. Und wenn ein leuchtender Tag kommt und du dich leicht an den Felsen schmiegst, ist es zu schön, um noch daran zu denken.

DIE WOLKE Es gibt ein Gesetz, Ixion, das es vorher nicht gab. Die Wolken, die versammelt eine stärkere Hand.

IXION Diese Hand gelangt nicht hierher. Nun, da es heiter ist, lachst du ja selbst. Und wenn der Himmel sich verfinstert und der Wind heult, was soll die Hand noch, die uns schleudert wie Tropfen? Es geschah schon zu Zeiten, da es Gebieter nicht gab. Nichts ist verwandelt über den Bergen. Wir sind das alles gewöhnt.

DIE WOLKE Viele Dinge sind auf den Bergen verwandelt. Das weiß der Pelion, das wissen der Ossa und der Olympos. Es wissen das auch noch wildere Berge.

IXION Und was ist verwandelt, Nephele, hier auf den Bergen?

DIE WOLKE Weder die Sonne noch das Wasser, Ixion. Das Schicksal des Menschen ist verwandelt. Es gibt Ungeheuer. Eine Grenze ist euch Menschen gezogen. Das Wasser, der Wind, der Fels und die Wolke gehören nicht mehr zu euch, ihr könnt sie nicht mehr fest an euch pressen im Erzeugen und Leben. Andere Hände halten nunmehr die Welt. Es gibt ein Gesetz, Ixion.

IXION Welches Gesetz?

DIE WOLKE Schon weißt du's. Dein Schicksal, die Grenze . . .

IXION Mein Schicksal hab' ich in der Hand, Nephele. Was ist verwandelt? Diese neuen Gebieter, können die mich vielleicht daran hindern, so zum Spiel einen Felsblock zu schleudern? Oder hinabzusteigen in die Ebene und einem Feind das Rückgrat zu brechen? Werden sie schrecklicher sein als die Müdigkeit und der Tod?

DIE WOLKE Das ist es nicht, Ixion. All dies kannst du tun und anderes mehr. Doch du kannst dich nicht mehr mit uns andern vermischen, den Nymphen der Quellen und Berge, mit den Töchtern des Windes, mit den Göttinnen der Erde. Das Geschick ist verwandelt.

IXION Du kannst nicht mehr... Was heißt das, Nephele?

DIE WOLKE Das heißt, daß du – wolltest du's tun – statt dessen furchtbare Dinge begingest. Wie jemand, der einen Gefährten, um ihn zu liebkosen, erwürgte oder erwürgt würde von ihm.

IXION Ich versteh' nicht. Kommst du nicht mehr aufs Gebirge? Fürchtest du dich vor mir?

DIE WOLKE Ich komme wohl aufs Gebirge und wohin es auch sei. Du kannst mir nichts tun, Ixion. Du kannst nichts tun gegen das Wasser und gegen den Wind. Doch das Haupt mußt du beugen. Nur so rettest du dein Geschick.

IXION Nephele, du fürchtest dich.

DIE WOLKE Ich fürchte mich. Ich habe die Berggipfel gesehn. Doch nicht meinethalben, Ixion. Ich kann nicht leiden. Für euch, die ihr nichts als Menschen seid, fürchte ich mich. Diese Berge, die ihr einst als Gebiete durcheiltet, diese in Freiheit erzeugten Geschöpfe von uns und von dir, zittern jetzt auf ein Zeichen. Wir sind alle einer stärkeren Hand unterworfen. Die Söhne vom Wasser und vom Wind, die Kentauren, verstecken sich in der Tiefe der Schluchten. Daß sie Ungeheuer sind, wurde ihnen bewußt.

IXON Wer sagt es?

DIE WOLKE Nicht die Hand herausfordern, Ixion. Es ist das Geschick. Verwegenere als sie und als dich sah ich vom Felsen abstürzen und dann nicht sterben. Versteh mich, Ixion. Der Tod, der euer Mut war, kann euch genommen werden wie ein Gut. Weißt du das?

IXION Du hast es mir schon gesagt. Was soll's? Um so mehr leben wir dann.

DIE WOLKE Du spielst und kennst die Unsterblichen nicht.

IXION Ich möchte sie kennen, Nephele.

DIE WOLKE Ixion, du glaubst, die seien so da wie jetzt wir, wie die Nacht, die Erde oder der alte Pan. Du bist jung, Ixion, bist aber unter dem alten Schicksal geboren. Ungeheuer bestehn für dich nicht, nur Gefährten. Der Tod ist für dich etwas, das sich zuträgt wie der Tag und die Nacht. Du bist unsereiner, Ixion. Du bist ganz in der Gebärde des Tuns. Doch für sie, die Unsterblichen, ist die Bedeutung deiner Gebärden von Dauer. Von ferne befühlen sie alles mit den Augen, den Nüstern, den Lippen. Sie sind unsterblich und können nicht ohne die anderen leben. Das, was du vollbringst und nicht vollbringst, das, was du sagst, was du suchst – das alles ist ihnen lieb oder unlieb. Und wenn du sie verstimmst – wenn du sie versehentlich störst in ihrem Olymp –, so stürzen sie auf dich los und geben dir Tod – jenen Tod, den sie kennen, der ein bittrer Geschmack ist, der dauert und den man spürt.

IXION Also kann man noch sterben.

DIE WOLKE Nein, Ixion. Sie machen aus dir eine Art Schemen, einen Schatten jedoch, der das Leben zurückwill und niemals mehr stirbt.

IXION Hast du sie gesehn, diese Götter?

DIE WOLKE Ich hab sie gesehn ... O Ixion, du weißt nicht, was du verlangst.

IXION Auch ich habe welche gesehen, Nephele. Sie sind nicht schrecklich.

DIE WOLKE Ich wußte es. Dein Los ist gezeichnet. Wen hast du gesehen?

IXION Wie kann ich das wissen? Es war ein Jüngling, der den Wald barfüßig durchquerte. Er ging an mir vorüber und sagte kein Wort zu mir. Vor einem Felsen verschwand er. Ich suchte ihn lange, um ihn zu fragen, wer er sei – das Staunen hatte mich festgenagelt. Er schien aus demselben Fleisch geschaffen wie du.

DIE WOLKE Hast du ihn allein gesehen?

IXION Im Traum dann habe ich ihn mit den Göttinnen zusammen wiedergesehen. Und scheinbar war ich bei ihnen, redete und lachte mit ihnen. Und sie sagten mir die Dinge, die auch du sagst, doch ohne Angst, ohne zu zittern, wie du. Wir sprachen miteinander vom Schicksal und vom Tod. Wir sprachen vom Olympos, machten uns über die lächerlichen Ungeheuer lustig . . .

DIE WOLKE O Ixion, Ixion, dein Los ist gezeichnet. Jetzt weißt du, was verwandelt ist über den Bergen. Und auch du bist verwandelt. Und glaubst, etwas Höheres zu sein als ein Mensch.

IXION Ich sag dir, Nephele, daß du so bist wie sie. Warum sollten sie mir, zumindest im Traum, nicht gefallen?

DIE WOLKE Irrer, du kannst bei den Träumen nicht halten. Steigst bis zu ihnen. Wirst etwas Schreckliches tun. Dann kommt jener Tod.

IXION Sag mir von allen Göttinnen die Namen.

DIE WOLKE Siehst du, daß dir der Traum schon nicht mehr genügt? Und daß du deinem Traum wie etwas Wirklichem glaubst? Ich flehe dich an, Ixion, steig nicht zum Gipfel. Denk an die Ungeheuer und an die Strafen. Anderes kann von ihnen nicht ausgehn.

IXION Ich habe noch etwas anderes geträumt heute nacht. Auch du warst dabei, Nephele. Wir kämpften mit den Kentauren. Ich hatte einen Sohn, er war der Sohn einer Göttin, ich weiß nicht von welcher. Und mir schien es jener Jüngling, der durch den Wald gestreift war. Er war stärker auch als ich, Nephele. Die Kentauren flüchteten, das Gebirge war unser. Du lachtest, Nephele. Du siehst, auch im Traum ist mein Los annehmbar.

DIE WOLKE Dein Los ist gezeichnet. Nicht ungestraft erhoben sich die Augen zu einer Göttin.

IXION Nicht einmal zu der von der Eiche, der Herrin der Gipfel?

DIE WOLKE Ob die oder jene, Ixion, hat nichts zu sagen. Aber fürchte dich nicht. Ich bleibe bei dir bis ans Ende.

Gerne gingen die jungen Griechen, um berühmt zu werden und um zu sterben, in den Orient. Da tummelte sich ihre virtuose Kühnheit in einem Meer von märchenhaften Grausamkeiten, denen nicht alle die Stirn bieten konnten. Unnütz, Namen zu nennen. Übrigens gab es viel mehr als sieben Kreuzzüge. Von der Traurigkeit, die den Töter der Chimäre in den Greisenjahren verzehrte, und vom Neffen Sarpedon, der jung starb bei Troja, spricht kein Geringerer als Homer im sechsten Gesang der Ilias.

Die Chimäre

(Es sprechen Hippolochos und Sarpedon)

HIPPOLOCHOS Da bist du, Knabe.

SARPEDON Ich habe deinen Vater gesehen, Hippolochos. Vom Heimkehren will er nichts wissen. Häßlich und starrsinnig wandert er übers Land, und er kümmert sich nicht um die Ungewitter, auch wäscht er sich nie. Er ist alt und armselig, Hippolochos.

HIPPOLOCHOS Was sagen die Bauern von ihm?

SARPEDON Das Feld Aleios ist verödet, Onkel. Es gibt da nur Röhricht und Sümpfe. Auf dem Xanthos, wo ich mich erkundigte nach ihm, hatten sie ihn seit Tagen nicht mehr gesehen.

HIPPOLOCHOS Und was sagt er?

SARPEDON Er erinnert sich weder an uns noch an die Häuser. Wenn er jemanden trifft, so erzählt er ihm von den Solymern und von Glaukos, von Sisyphos, von der Chimäre. Als er mich sah, sagte er: »Knabe, wenn ich so alt wäre wie du, hätte ich mich längst ins Meer gestürzt.« Doch er bedroht keine lebendige Seele. »Knabe«, sagte er mir, »du bist gerecht und barmherzig. Wir sind gerechte und barmherzige Männer. Willst du gerecht und barmherzig leben, so beende das Leben.«

HIPPOLOCHOS Brummt und trauert er wahrhaftig auf diese Weise?

SARPEDON Er sagt furchtbare und bedrohliche Dinge. Er ruft die Götter auf, sich mit ihm zu messen. Tag und Nacht zieht er des Wegs. Doch schmäht und beweint er einzig die Toten – oder die Götter.

HIPPOLOCHOS Glaukos und Sisyphos, hast du gesagt?

SARPEDON Er sagt, sie wurden bestraft durch Verrat. Warum

bis zu ihrem Alter warten, um sie traurig und hinfällig zu überraschen? »Bellerophontes«, sagt er, »war gerecht und barmherzig, solange das Blut seine Muskeln durchströmte. Und nun, da er alt, da er einsam ist, lassen ihn ausgerechnet die Götter im Stich?«

HIPPOLOCHOS Merkwürdig, sich darüber zu wundern. Und die Götter anzuklagen für das, was allen Lebendigen widerfährt. Doch was hat er schließlich mit all jenen Toten gemein – er, der allzeit gerecht war?

SARPEDON Höre, Hippolochos . . . Auch ich habe mich beim Anblick jenes verwirrten Auges gefragt, ob ich mich mit dem Mann, der einst Bellerophontes war, unterhielte. Mit deinem Vater ist etwas geschehn. Er ist nicht nur alt. Er ist nicht nur traurig und einsam. Dein Vater büßt die Chimäre.

HIPPOLOCHOS Sarpedon, bist du irre?

SARPEDON Dein Vater klagt die Ungerechtigkeit der Götter an, die gewollt haben, daß er die Chimäre umbringe. »Seit jenem Tag«, wiederholt er, »da ich mich rötete im Blute des Untiers, habe ich kein wirkliches Leben mehr gehabt. Ich habe Feinde gesucht, die Amazonen gebändigt, die Solymer niedergerungen, ich habe über die Lykier geherrscht und einen Garten gepflanzt – aber was ist das alles? Wo gibt's eine andere Chimäre? Wo ist die Kraft der Arme, die sie töteten? Auch Sisyphos und Glaukos, mein Vater, waren jung und gerecht – als beide dann alt wurden, betrogen die Götter sie, ließen sie tierisch werden und sterben. Wer der Chimäre einmal die Stirn bot, wie kann der sich ins Sterben fügen?« Das sagt dein Vater, der eines Tages Bellerophontes war.

HIPPOLOCHOS Von Sisyphos, der das Kind Thanatos fesselte, bis zu Glaukos, der die Pferde fütterte mit lebendigen Menschen, hat unsere Sippe manche Grenzen entweiht. Aber diese sind uralte Männer und aus einer grausamen

Zeit. Die Chimäre war das letzte Ungeheuer, welches sie sahen. Unsere Erde ist nun gerecht und barmherzig.

SARPEDON Glaubst du, Hippolochos? Glaubst du, es genügt, sie getötet zu haben? Unser Vater – ich kann ihn so nennen – müßte es wissen. Und doch ist er traurig wie ein Gott – wie ein verlassener, weißhaariger Gott, und er durchquert Felder und Moore, während er zu jenen Toten redet.

HIPPOLOCHOS Aber was fehlt ihm denn, was?

SARPEDON Ihm fehlt der Arm, der sie tötete. Ihm fehlt der Stolz von Glaukos und Sisyphos, gerade jetzt, da er wie seine Väter an die Grenze, an das Ende gelangt ist. Ihre Kühnheit quält ihn. Er weiß, daß ihn nie mehr eine andere Chimäre inmitten der Felsen erwartet. Und er fordert die Götter heraus.

HIPPOLOCHOS Ich bin sein Sohn, Sarpedon, aber ich begreife das nicht. Auf der nun barmherzig gewordenen Erde sollte man mit Gelassenheit altern. Bei einem Jüngling, fast einem Knaben wie du, Sarpedon, begreife ich den Aufstand des Blutes. Doch einzig bei einem Jüngling. Nur auf Grund ehrbarer Dinge. Und man wende sich nicht gegen die Götter.

SARPEDON Er aber weiß, was ein Jüngling ist und ein Greis. Er hat andere Tage gesehn. Er hat die Götter gesehn, so wie wir uns hier sehen. Er berichtete schreckliche Dinge.

HIPPOLOCHOS Hast du ihm zuhören können?

SARPEDON O Hippolochos, wer möchte ihm nicht zuhören? Bellerophontes hat Dinge gesehen, die nicht häufig geschehn.

HIPPOLOCHOS Ich weiß, ich weiß, Sarpedon, doch jene Welt ist vergangen. Als ich ein Kind war, erzählte er sie auch mir.

SARPEDON Nur daß er damals nicht mit den Toten Zwiesprache hielt. Zu jener Zeit waren es Fabeln. Heute hingegen werden die Geschicke, die er berührt, zu den seinen.

HIPPOLOCHOS Und was erzählt er?

SARPEDON Es sind Vorfälle, welche du kennst. Die Kälte hingegen, den verworrenen Blick als von einem, der nichts mehr ist und doch alles weiß, kennst du nicht. Es sind Geschichten aus Lydien und aus Phrygien, alte Geschichten ohne Gerechtigkeit, ohne Erbarmen. Kennst du die vom Silenos, den ein Gott zum Kampfe herausforderte auf dem Berge Kelainai und dann schlachtete, so wie der Fleischer eine Ziege umbringt? Nun sprudelt ein Sturzbach, als ob er sein Blut wäre, aus der Grotte hervor. Und die Erzählung von der versteinerten Mutter, verwandelt in einen Felsen, der weint, weil es einer Göttin gefiel, ihre Söhne, einen nach dem andern, mit Pfeilen zu töten? Und die Geschichte Araknes, die schauderte und Spinne wurde durch den Haß der Athene? Das sind Dinge, die sich ereigneten. Die Götter haben sie vollbracht.

HIPPOLOCHOS Nun gut. Was besagt das? Es ist nutzlos, daran zu denken. Von jenen Schicksalen bleibt nichts.

SARPEDON Es bleiben der Sturzbach, der Felsen, das Schrecknis. Es bleiben die Träume. Keinen Schritt kann Bellerophontes tun, ohne auf eine Leiche, einen Haß, eine Blutlache zu stoßen aus den Zeiten, da es keine Träume waren und alles geschah. Zu jener Zeit war sein Arm in der Welt von Gewicht, und er tötete.

HIPPOLOCHOS Auch er also war grausam.

SARPEDON Er war gerecht und barmherzig. Chimären tötete er. Und nun, da er alt, da er müd ist, lassen ihn die Götter im Stich.

HIPPOLOCHOS Läuft er darum durchs Land?

SARPEDON Er ist Glaukos' und Sisyphos' Sohn. Er fürchtet die Laune und Wildheit der Götter. Er fühlt, wie er tierisch wird, und will nicht sterben. »Knabe«, sagte er zu mir, »dies sind der Hohn und der Verrat: Zuerst entziehen sie dir alle Kraft, und dann entrüsten sie sich, wenn du weniger bist als ein Mensch. Wenn du leben willst, dann setze dem Leben ein Ende ...«

HIPPOLOCHOS Und warum tötet er sich nicht selbst, er, der dies alles weiß?

SARPEDON Niemand tötet sich selbst. Der Tod ist Schicksal. Ihn kann man sich nur wünschen, Hippolochos.

Es gibt kein Schicksalsgeschehnis von Theben, in dem der blinde Seher Teiresias fehlte. Kurz nach diesem Gespräch begann das Unglück von Ödipus – das heißt, die Augen gingen ihm auf, und er durchbohrte sie sich selber vor Grauen.

Die Blinden

(Es sprechen Ödipus und Teiresias)

ÖDIPUS Alter Teiresias, muß ich glauben, was man hier in Theben berichtet, daß die Götter dich geblendet haben aus Neid?

TEIRESIAS Wenn es stimmt, daß wir alles von ihnen empfangen, mußt du daran glauben.

ÖDIPUS Und was sagst du?

TEIRESIAS Daß man über die Götter viel zuviel redet. Blind sein ist kein anderes Unglück als lebendig sein. Immer habe ich das Unheil zu seiner Zeit zustoßen sehn und dort, wo es zustoßen mußte.

ÖDIPUS Was haben dann aber die Götter damit zu tun?

TEIRESIAS Die Welt ist älter als sie. Schon füllte sie den Raum aus und blutete, genoß, war der einzige Gott – und noch war die Zeit nicht geboren. Die Dinge selber regierten damals. Dinge trugen sich zu – durch die Götter wurde jetzt alles zu Worten, Täuschung, Bedrohnis. Zwar können die Götter lästig sein, sie können die Dinge näherbringen, entrücken. Doch nicht sie berühren, nicht sie verwandeln. Sie kamen zu spät.

ÖDIPUS Ausgerechnet du, Priester, sagst dies?

TEIRESIAS Wenn ich nicht wenigstens dies wüßte, wäre ich kein Priester. Nimm einen Knaben, der im Asopos badet. Eines Morgens im Sommer. Der Knabe geht aus dem Wasser, geht fröhlich wieder hinein, taucht, taucht von neuem hinab. Da wird ihm schlecht, und er ertrinkt. Was hat das mit den Göttern zu tun? Sollte er den Göttern sein Ende zuschreiben oder das genossene Vergnügen? Weder das eine noch das andere. Es hat sich etwas ereignet – das weder gut ist noch schlimm, etwas, das namenlos ist –, einen Namen geben die Götter ihm dann.

ÖDIPUS Und den Namen verleihen, die Dinge erklären scheint dir wenig, Teiresias?

TEIRESIAS Du bist jung, Ödipus, und wie die Götter, die jung sind, erhellst und benennst du selber die Dinge. Du weißt noch nicht, daß es Felsen gibt unter der Erde und daß der blaueste Himmel der leerste ist. Für den, der wie ich nichts mehr sieht, sind alle Dinge nichts anderes als ein Stoß.

ÖDIPUS Immerhin hast du im Umgang mit den Göttern gelebt. Die Zeitspannen, die Freuden, das Elend des Menschen haben dich langhin beschäftigt. Man erzählt sich mehr als eine Fabel von dir, wie von einem Gott. Und eine, die so seltsam, so ungewöhnlich ist und die doch einen Sinn haben müßte, meinetwegen den der Wolken am Himmel.

TEIRESIAS Ich habe vieles erlebt. Ich habe so viel erlebt, daß mir jede Geschichte, der ich lausche, meine eigene zu sein scheint. Welchen Sinn gibst du den Wolken am Himmel?

ÖDIPUS Ein Dasein im Leeren...

TEIRESIAS Doch welches ist die Fabel, von der du glaubst, sie habe einen Sinn?

ÖDIPUS Warst du stets das, was du bist, alter Teiresias?

TEIRESIAS Ah, ich versteh' schon. Die Schlangengeschichte. Als ich sieben Jahre lang Frau war. Nun gut, was findest du denn an dieser Geschichte?

ÖDIPUS Dir ist es widerfahren, du weißt es. Aber ohne einen Gott tragen sich diese Dinge nicht zu.

TEIRESIAS Glaubst du? Alles kann sich auf Erden zutragen. Etwas Ungewöhnliches gibt es nicht. Zu jener Zeit verspürte ich Ekel vor den Dingen des Geschlechts – mir schien, daß der Geist, das Geheiligte, mein Wesen erniedrigt würden durch sie. Als ich die beiden Schlangen sich genießen und beißen sah auf dem Moos, konnte ich mit meiner Verachtung nicht an mich halten: ich berührte sie mit dem Stock. Kurz danach war ich Frau – und auf Jahre wurde mein Hochmut gezwungen, zu dulden. Die Dinge der Welt sind Fels, Ödipus.

ÖDIPUS Ist das Geschlecht der Frau denn wirklich so niedrig?

TEIRESIAS Überhaupt nicht. Niedrige Dinge gibt es nicht, es sei denn für die Götter. Es gibt Verdruß, Ekel und Täuschung, die sich beim Berühren des Felsens verlieren. Hier war der Felsen die Kraft des Geschlechtes, seine Allgegenwart und Allenthaltenheit in jeder Form und Verwandlung. Von Mann zu Frau und umgekehrt (sieben Jahre später sah ich die beiden Schlangen von neuem) wurde mir aus Gewalt oder Wollust das zugefügt, was ich mit dem Geist nicht wahrhaben wollte, und ich – als verächtlicher Mann oder gedemütigte Frau – entfesselte mich wie eine Frau und war niederträchtig wie ein Mann, und ich wußte alles über das Geschlecht: ich gelangte so weit, daß ich als Mann die Männer aufsuchte und die Frauen als Frau.

ÖDIPUS Also siehst du, daß ein Gott dich etwas gelehrt hat.

TEIRESIAS Über dem Geschlecht ist kein Gott. Es ist der Felsen, ich sag' es dir. Viele Götter sind Wildtiere. Die Schlange aber ist von allen der älteste Gott. Wenn sie sich in die Erde duckt: da hast du das Bild des Geschlechts. In ihm ist das Leben und der Tod. Welcher Gott kann so viel verkörpern und in sich enthalten?

ÖDIPUS Du selber. Du hast es gesagt.

TEIRESIAS Teiresias ist alt und kein Gott. Als er jung war, war er unwissend. Das Geschlecht ist zweideutig und stets doppelzüngig. Es ist eine Hälfte, die als ein Ganzes erscheint. Der Mensch kommt so weit, es sich einzuverleiben, in ihm drinnen zu leben wie der gute Schwimmer im Wasser, doch inzwischen ist er gealtert, hat er den Felsen berührt. Am Ende bleibt ihm ein Gedanke, eine Täuschung noch übrig: das andere Geschlecht gehe gesättigt daraus hervor. Nun gut, glaube nicht daran; ich weiß, daß es für alle nur eitel Mühsal ist.

ÖDIPUS Es ist nicht leicht, auf alles, was du da sagst, zu antworten. Deine Geschichte beginnt nicht umsonst mit den Schlangen. Sie beginnt selbst mit dem Ekel, dem Überdruß des Geschlechts. Und was sagtest du nun zu einem tauglichen Mann, der dir schwörte, nichts vom Ekel zu wissen?

TEIRESIAS Er sei kein tauglicher Mann, er sei noch ein Kind.

ÖDIPUS Auch ich, Teiresias, habe Begegnungen gehabt auf der Straße von Theben. Und bei einer solchen haben wir vom Menschen gesprochen – von Kindheit bis Tod –, haben auch wir den Felsen berührt. Seit jenem Tag war ich Gatte und war ich Vater und König von Theben. Es gibt nichts Zweideutiges oder Nichtiges in meinen Tagen, für mich.

TEIRESIAS Du bist nicht der einzige, Ödipus, der das glaubt. Aber der Felsen wird nicht mit Worten berührt. Möchten dich die Götter beschützen! Auch ich rede mit dir und bin alt. Nur der Blinde weiß um die Finsternis. Mit ist es, als lebte ich außer der Zeit, als hätte ich immer gelebt, und den Tagen glaube ich nicht mehr. Auch in mir ist etwas, das genießt und blutet.

ÖDIPUS Dieses Etwas sei ein Gott, sagtest du. Warum, guter Teiresias, versuchst du nicht, zu ihm zu beten?

TEIRESIAS Zu irgendeinem Gott beten wir alle, doch das, was geschieht, hat keinen Namen. Der Knabe, der an einem Sommermorgen ertrank, was weiß er von den Göttern? Was nützt ihm das Beten? Es gibt eine mächtige Schlange in jedem Tag unseres Lebens, und sie verkriecht sich und schaut uns an. Hast du dich jemals gefragt, Ödipus, warum die Unglücklichen, wenn sie alt werden, erblinden?

ÖDIPUS Ich bitte die Götter, es möge mir nicht widerfahren.

Von Hermes, dem zwischen Leben und Tod, zwischen dem Geschlecht und dem Geist, zwischen den Titanen und den Olympiern schwankenden Gott, ist hier nicht die Rede. Doch was es bedeutet, daß der gute Arzt Asklepios einer Welt von göttlichen, tierischen Metamorphosen entstammt, lohnt sich zu sagen.

Die Stuten

(Es sprechen der chthonische Hermes und der Kentaur Chiron)

HERMES Der Gott heißt dich, diesen Sohn zu erziehen, Chiron. Schon weißt du vom Tod der schönen Koronis. Mit den unsterblichen Händen hat ihn der Gott aus den Flammen und aus ihrem Schoße gerissen. Mich rief man zum traurigen menschlichen Leib, der schon brannte – wie Weizenstroh loderten die Haare. Aber die Schattengestalt wartete nicht einmal auf mich. Mit einem Sprung verschwand sie vom Scheiterhaufen zum Hades.

CHIRON Wurde sie wieder zur jungen Stute beim Übergang?

HERMES So glaube ich. Doch sind sich die Flammen und eure Mähnen zu ähnlich. Ich war nicht rasch genug, um mich zu vergewissern. Ich mußte das Kind an mich reißen, um es hierherauf zu tragen.

CHIRON Kindchen, du wärst besser im Feuer geblieben. Du hast nichts von deiner Mutter als die traurige Menschengestalt. Du bist Sohn eines blendenden, aber grausamen Lichtes – und du wirst leben müssen in einer Welt blutleeren und angstvollen Schattens, verderbten Fleisches, in einer Welt von Seufzern und Fiebern – alles kommt dir vom Strahlenden zu. Das gleiche Licht, das dich erschuf, wird, unerbittlich, die Welt durchstöbern und der Dinge Traurigkeit, Plage und Feigheit dir überall zeigen. Die Schlangen werden über dir wachen.

HERMES Gewiß, die Welt von gestern verfiel, wenn auch die Schlangen ins Licht übertraten. Doch sage mir, weißt du, warum sie gestorben ist?

CHIRON Nie mehr, Enodios, sehn wir sie glücklich zwischen Röhricht und Felsen vom Dindymon zum Pelion springen. Nun genug. Die Worte sind Blut.

HERMES Chiron, kannst du mir glauben, wenn ich dir sage, daß ich um sie weine, wie ihr um sie weint? Aber, ich schwöre dir, ich weiß nicht, warum der Gott sie getötet hat. In meinem Larissa spricht man von tierischen Begegnungen in den Grotten und Wäldern...

CHIRON Was soll das heißen? Wir sind's, wir sind tierisch. Und du gerade, Enodios, der du in Larissa Hodenbeutel des Stiers warst und am Anfang der Zeiten dich im Schlamm des Sumpfes mit allem Blutigen und noch Ungeschlachten, das es nur gab auf der Welt, verbunden hast, du ausgerechnet wunderst dich?

HERMES Sie ist fern, jene Zeit, Chiron, und nun lebe ich unter der Erde oder auf den Kreuzungen der Wege. Ich sehe euch bisweilen wie Felsblöcke vom Gebirge herabkommen und die Gräben und Schluchten überspringen, euch verfolgen, euch rufen, spielen. Ich begreife die Hufe, euer Wesen, doch so seid ihr nicht immer. Deine Arme und deine Brust eines Menschen, um eines zu nennen, und euer mächtiges menschliches Lächeln, und sie, die Getötete, ihre Liebschaft mit dem Gott, die Gefährtinnen, die jetzt um sie weinen – ihr seid andre Geschöpfe. Auch deine Mutter, wenn ich nicht irre, gefiel einem Gott.

CHIRON Andere Zeiten, wahrhaftig. Der alte Gott wurde Hengst, um sie zu lieben. Auf dem Gipfel des Berges.

HERMES Also, sagst du mir, warum statt dessen die schöne Koronis eine Frau war und in den Weingärten spazierte und so sehr mit dem Strahlenden spielte, daß er sie tötete und den Körper verbrannte?

CHIRON Enodios, wie oft sahst du von deinem Larissa aus nach einer stürmischen Nacht das Gebirge des Olympos sich abheben vom Himmel?

HERMES Ich sehe es nicht nur, zuweilen besteige ich es.

CHIRON Einst galoppierten auch wir – von Küste zu Küste – bis dort hinauf.

HERMES Und? Ihr müßtet dorthin zurück.

CHIRON Freund, Koronis kehrte dorthin zurück.

HERMES Was willst du damit sagen?

CHIRON Ich will sagen, daß das der Tod ist. Dort sind die Gebieter. Nicht mehr Gebieter wie Kronos, der Alte, oder sein urzeitlicher Vater oder wie wir selbst in den Tagen, da wir ab und zu daran dachten und unsere Fröhlichkeit keine Grenzen mehr kannte und wir umhersprangen zwischen den Dingen als Dinge, welche wir waren. Zu jener Zeit waren das Tier und der Sumpf Stätte der Begegnung von Menschen und Göttern. Das Gebirge, das Pferd, die Pflanze, die Wolke, der Sturzbach – alles waren wir unter der Sonne. Wer konnte zu jener Zeit sterben? Was war tierisch, wenn das Tier in uns war wie der Gott?

HERMES Du hast Töchter, Chiron, und nach Wunsch sind es Frauen, sind es Stuten. Warum beklagst du dich? Hier habt ihr den Berg, habt die Ebene und des Jahres Gezeiten. Euch fehlen zur Ergötzung nicht einmal die Behausungen der Menschen, Hütten und Dörfer, an den Mündungen der Täler, und die Ställe, die Herdstätten, wo die traurigen Sterblichen über euch fabeln, immer bereit, euch zu beherbergen. Scheint es dir nicht, die Welt werde von den neuen Gebietern besser verwaltet?

CHIRON Du bist einer der Ihren und verteidigst sie. Du, der eines Tages Samenbeutel und Raserei war, führst nun die blutlosen Schemen unter die Erde. Was sind die Sterblichen, wenn nicht vorzeitige Schatten? Doch ich genieße den Gedanken, daß die Mutter dieses Knäbleins von allein gesprungen ist; wenn nichts anderes, so hat sie sich selber gefunden im Sterben.

HERMES Nun weiß ich, warum sie gestorben ist, sie, die einherschritt an den Abhängen des Berges und Frau war und so den Gott liebte mit ihrer Liebe, daß sie diesen Sohn von ihm hatte. Du sagst, daß der Gott erbarmungslos war. Doch kannst du sagen, daß sie, Koronis, die tierische Lust, die ungeschlachte blutige Raserei, die sie gezeugt hatten, hinter sich zurückließ im Sumpf?

CHIRON Gewiß nicht. Und somit?

HERMES Die neuen, so häufig lächelnden Götter Thessaliens, sie können nur über eines nicht lächeln: glaub mir, ich habe das Schicksal gesehen. Jedesmal, wenn das Chaos überströmt in das Licht, in ihr Licht, müssen sie durchbohren und zerstören und wieder erschaffen. Darum ist Koronis gestorben.

CHIRON Doch die können sie nicht mehr erschaffen. Also hatte ich recht, daß der Olympos der Tod ist.

HERMES Und trotzdem – der Strahlende liebte sie. Wäre er kein Gott, so hätte er um sie geweint. Er hat ihr das Kindchen entrissen. Mit Freude anvertraut er es dir. Er weiß, einen wahren Menschen kannst nur du aus ihm machen.

CHIRON Ich hab' dir das Los schon genannt, das den da in den sterblichen Häusern erwartet. Er wird Asklepios sein, der Herr der Leiber, ein Menschen-Gott. Er wird leben zwischen dem zerrütteten Fleisch und den Seufzern. Zu ihm werden die Menschen schauen, um vor dem Schicksal zu fliehen, von einer Nacht, einem Nu, die Todesangst zu verzögern. Es wird, dieses Knäblein, zwischen dem Tod und dem Leben vorbeiziehn wie du, der du Samenbeutel des Stieres warst und nichts mehr bist als der Führer von Schemen. Das ist das Los, das die Olympier den Sterblichen auf der Erde bereiten.

HERMES Und so zu enden, wird es nicht besser sein für die Sterblichen als die alte Verdammung, in das Tier oder in den Baum einzugehen und brüllender Ochse, kriechende

Schlange, ewiger Steinblock, weinender Brunnen zu werden?

CHIRON Solange der Olympos der Himmel sein wird, gewiß. Aber diese Dinge vergehen.

Daß dieser mild-grausamen Handlung, die uns von einem Frühlingsgott wie Phoibos Apollon nicht zu empören vermag, die Leopardischen Eros und Thanatos beigewohnt haben, ist sonnenklar.

Die Blume

(Es sprechen Eros und Thanatos)

EROS Warst du auf diese Handlung gefaßt, Thanatos?

THANATOS Bei einem Olympier bin ich auf alles gefaßt. Doch daß er auf diese Art endete, nein.

EROS Zum Glück werden es die Sterblichen einen Unglücksfall nennen.

THANATOS Es ist nicht das erste und wird nicht das letzte Mal sein.

EROS Und indessen ist Hyakinthos gestorben. Schon weinen die Schwestern um ihn. Die nutzlose, von seinem Blut überrieselte Blume besternt fortan alle Täler des Eurotas. Es ist Frühling, Thanatos, und der Knabe wird ihn nicht sehen.

THANATOS Immer sprießen dort, wo ein Unsterblicher vorüberging, solche Blumen. Aber die anderen Male gab es wenigstens eine Flucht, einen Vorwand, eine Beleidigung. Man widerstrebte dem Gott oder beging eine Ruchlosigkeit. So geschah es mit Daphne, mit Elinos, Aktaion. Hyakinthos hingegen war nichts als ein Knabe. Seinen Herrn ehrend, verlebte er seine Tage. Er spielte mit ihm, so wie das Kind eben spielt. Er war erregt und verwundert. Du, Eros, weißt es.

EROS Die Sterblichen sagen sich schon, daß es ein Unglücksfall war. Niemand bedenkt, daß der Strahlende nicht gewöhnt ist, mit seinen Würfen zu fehlen.

THANATOS Mit angesehen habe ich nur das verbissene Lächeln, mit dem er dem Flug der Wurfscheibe folgte und sah, wie sie fiel. Er schleuderte sie empor in der Richtung der Sonne, und Hyakinthos erhob die Augen und Hände und erwartete sie geblendet. Sie fiel ihm senkrecht auf die Stirn. Warum das, Eros? Du weißt es gewiß.

EROS Was soll ich dir sagen, Thanatos? Eine Laune kann mich nicht rühren. Und das weißt auch du: Wenn ein Gott einem Sterblichen naht, hat das stets etwas Grausames zur Folge. Du selbst hast von Daphne und Aktaion gesprochen.

THANATOS Was also war es dieses Mal?

EROS Ich hab's dir gesagt, eine Laune. Der Strahlende wollte spielen. Er ist hinabgestiegen unter die Menschen und hat Hyakinthos gesehen. Sechs Tage lang hat er in Amyklai gelebt, sechs Tage, die Hyakinthos das Herz verwandelten und die Erde erneuerten. Dann, als dem Herrn die Lust zum Weiterziehn kam, betrachtete ihn Hyakinthos verwirrt. Da fiel ihm der Diskus senkrecht zwischen die Augen...

THANATOS Wer weiß ... der Strahlende wollte nicht, daß er weine.

EROS Nein. Was Weinen heißt, weiß der Strahlende nicht. Das wissen wir andern, wir Götter und Dämon-Kinder, die wir schon lebten, als der Olymp nur ein verödeter Berg war. Wir haben viele Dinge gesehen, selbst die Bäume und Steine sahen wir weinen. Der Herr ist anders geartet. Für ihn machen sechs Tage oder ein Dasein nichts aus. Niemand wußte all das so gut wie Hyakinthos.

THANATOS Glaubst du denn wirklich, Hyakinthos habe diese Dinge verstanden? Der Herr sei etwas anderes für ihn gewesen als ein Vorbild, ein älterer Gefährte, ein verehrter und zuverlässiger Bruder? Ich habe ihn nur gesehen, als er die Hände im Wetteifer streckte – er hatte nichts als Vertrauen und Verwunderung auf der Stirn. Hyakinthos hat nicht gewußt, wer der Strahlende war.

EROS Alles ist möglich, Thanatos. Es ist auch möglich, daß der Knabe um Elinos und Daphne nicht wußte. Wo die Bestürzung endet und der Glaube beginnt, läßt sich schwer sagen. Doch er verbrachte sicher sechs Tage sehnsüchtiger Leidenschaft.

THANATOS Was geschah, nach deiner Ansicht, in seinem Herzen?

EROS Was bei jedem Jüngling geschieht. Doch diesmal war der Gegenstand der Gedanken und Regungen übergroß für einen Knaben. In der Palästra, in den Gemächern, längs der Wasser des Eurotas sprach er mit dem Gast, gesellte sich zu ihm, hörte ihn an. Er lauschte den Geschichten von Delos und Delphi, vom Typhon, von Thessalien, vom Lande der Hyperboreer. Ruhig lächelnd erzählte der Gott, wie der Wanderer, den man tot geglaubt hat und der erfahrener heimkehrt. Gewiß ist dies eine: Der Herr sprach nie von seinem Olymp, von den unsterblichen Gefährten, den göttlichen Dingen. Er sprach von sich, von der Schwester, von den Chariten, wie man spricht von einem vertrauten – einem wunderbaren, vertrauten Leben. Manchmal lauschten sie zusammen einem schweifenden, für die Nacht beherbergten Dichter.

THANATOS Nichts Häßliches in alldem.

EROS Nichts Häßliches, und sogar Worte des Trostes. Hyakinthos lernte, daß der Herr von Delos mit jenen unsäglichen Augen und jenem besonnenen Wort viele Dinge der Welt gesehen und angefaßt hatte, die eines Tages auch ihm zustoßen konnten. Der Gast unterhielt sich auch über ihn, über sein Los. Das bescheidene Leben Amyklais war ihm vertraut. Er machte Pläne. Er behandelte Hyakinthos als seinesgleichen, als Altersgenossen, und die Namen Aglaia, Eurynome, Auxo – ferne und lächelnde Frauen, junge Frauen, die mit dem Gast einst in geheimnisvoller Vertrautheit gelebt hatten, wurden mit ruhiger Unbesorgtheit genannt, mit einer unbekümmerten Lust, die Hyakinthos das Herz schaudern machte. So war der Zustand des Knaben. Vor seinem Herrn war alles gefällig und klar. Hyakinthos meinte, alles zu können.

THANATOS Ich habe andere Sterbliche gekannt. Und erfahrenere, weisere, stärkere als Hyakinthos. Sie alle zerstörte dieser Wahn, alles zu können.

EROS Mein Lieber, in Hyakinthos war nichts als Hoffnung, eine bebende Hoffnung, sich dem Gast anzugleichen. Und der Strahlende sammelte die Begeisterung, die er in jenen Augen las, nicht – es genügte ihm, sie zu entfachen; er bemerkte schon damals in den Augen und Locken die schöne, gesprenkelte Blume, die das Los Hyakinthos' war. Er dachte weder an Worte noch Tränen. Er war gekommen, um eine Blume zu sehen. Seiner würdig sein mußte die Blume – wunderbar und vertraut wie die Erinnerung an die Chariten. Und mit ruhiger Unbesorgtheit schuf er diese Blume.

THANATOS Wir sind grausame Wesen, wir unsterblichen andern. Ich frage mich, inwieweit die Olympier das Schicksal bestimmen. Alles Wagen zerstörte – mag sein – sogar sie.

EROS Wer kann das sagen? Seit den Zeiten des Chaos hat man nichts gesehen als Blut. Blut von Menschen, von Ungeheuern, von Göttern. Man beginnt und man stirbt im Blut. Wie glaubst du, daß du zur Welt kamst?

THANATOS Daß man sterben muß, um geboren zu werden, wissen auch die Menschen. Nicht wissen es die Olympier. Sie haben es vergessen. Sie dauern in einer Welt, die vergeht. Sie bestehn nicht: sie sind. Jede ihrer Launen ist ein verhängnisvolles Gesetz. Um eine Blume zu schaffen, zerstören sie einen Menschen.

EROS Ja, Thanatos. Aber wollen wir nicht die reichen Gedanken erwägen, die Hyakinthos antraf? Jene sehnsüchtige Hoffnung, die sein Tod gewesen ist, war doch auch seine Geburt. Er war ein unbewußter, etwas verträumter, von Kindheit umnebelter Jüngling, der Sohn von Amyklas, bescheidener Erde bescheidener König – was wäre er je geworden ohne den delischen Gast?

THANATOS Ein Mensch unter Menschen, Eros.

EROS Ich weiß. Und ich weiß, daß man dem Geschick nicht entflieht. Aber ich bin es nicht gewöhnt, mich von einer Laune rühren zu lassen. Hyakinthos hat sechs Tage im Schatten eines Lichtes gelebt. Ihm fehlte nicht einmal der vollkommenen Freude jähes und bitteres Ende. Jenes, das weder Olympier noch Unsterbliche kennen. Was, Thanatos, wünschest du noch für ihn?

THANATOS Daß der Strahlende um ihn weinte wie wir.

EROS Zuviel verlangst du, Thanatos.

Wir sind überzeugt, daß das Liebesverhältnis der Artemis zu Endymion kein sinnliches war. Das schließt wohlverstanden nicht aus – im Gegenteil –, daß das weniger Kraftvolle der beiden sich sehnte, Blut zu vergießen. Das nicht sanftmütige Wesen der jungfräulichen Göttin – der Herrin des Wildes, die in die Welt emporgetaucht ist aus einem Wald unbeschreiblicher göttlicher Mütter vom ungeheuerlichen Mittelländischen Meer – ist uns bekannt. Ebenso bekannt ist, daß einer, wenn er nicht schläft, gern schlafen möchte und in die Geschichte eingeht als der ewige Träumer.

Das Wildtier

(Es sprechen Endymion und ein Fremdling)

ENDYMION Hör zu, Wanderer. Dir als Fremdling kann ich diese Dinge berichten. Erschrick nicht vor meinen wahnsinnigen Augen. Die Lumpen, die deine Füße umhüllen, sind häßlich wie meine Augen, doch scheinst du mir ein tüchtiger Mann, einer, der – falls er es will – im Land, das er einmal gewählt hat, bleiben und da einen Schlupfwinkel, eine Arbeit, ein Haus haben wird. Doch bin ich davon überzeugt, daß du, wenn du jetzt wanderst, das darum tust, weil du nichts als dein Schicksal besitzt. Und du ziehst um diese Stunde der Frühdämmerung durch die Straßen – also liebst du es, wach zu sein zwischen den Dingen, wenn sie kaum aus dem Dunkel heraus sind und noch niemand sie berührt hat. Siehst du jenen Berg? Es ist der Latmos. Des Nachts, wenn er noch schwärzer war, habe ich ihn so häufig bestiegen und unter seinen Buchen auf das Morgengrauen gewartet. Und dennoch ist mir, als hätte ich ihn nie angerührt.

FREMDLING Wer kann sagen, je das berührt zu haben, an dem er vorbeigeht?

ENDYMION Manchmal denke ich, wir seien wie der Wind, der unfühlbar dahinstreicht. Oder wie der Schlafenden Träume. Liebst du es, Fremdling, tagsüber zu schlafen?

FREMDLING Ich schlafe auf jedwede Art und falle hin, wenn ich müde bin.

ENDYMION Und widerfährt es dir im Schlaf – dir, der des Weges zieht –, daß du dem Rauschen des Windes zuhörst und den Vögeln, den Teichen, dem Gesumm, der Stimme des Wassers? Hast du beim Schlafen nicht das Gefühl, niemals allein zu sein?

FREMDLING Freund, ich wüßte es nicht. Ich habe immer allein gelebt.

ENDYMION O Fremdling, ich finde keine Ruhe mehr im Schlaf. Ich meine, ich hätte immer geschlafen, und weiß doch, daß es nicht stimmt.

FREMDLING Du scheinst mir ein erwachsener Mann und auch kräftig.

ENDYMION Das bin ich, Fremdling, ich bin's. Und kenne den Schlaf des Weines und jenen schweren bei einer Frau, aber das alles frommt mir zu nichts. Von meinem Bett aus spitze ich nun das Gehör, bin ständig zum Aufspringen bereit, und ich habe diese Augen, diese Augen wie von einem, der in die Dunkelheit starrt. Ich meine, ich hätte nie anders gelebt.

FREMDLING Hast du jemanden verloren?

ENDYMION Jemanden? O Fremdling, daß wir sterblich sind, glaubst du es?

FREMDLING Ist dir jemand gestorben?

ENDYMION Nicht jemand. Fremdling, steige ich auf den Latmos hinauf, so bin ich kein Sterblicher mehr. Schau nicht auf meine Augen, die zählen nicht. Ich weiß, daß ich nicht träume, so lange schon schlafe ich nicht mehr. Siehst du dort auf dem Felsen die Flecken jener Buchen? Heute nacht war ich dort und habe auf sie gewartet.

FREMDLING Wer mußte kommen?

ENDYMION Sprechen wir ihren Namen nicht aus. Sprechen wir ihn nicht aus. Sie hat keinen Namen. Oder hat viele, ich weiß. Gefährte, weißt du, was die Waldschrecknis ist, wenn sich da eine nächtliche Lichtung auftut? Oder nein. Wenn du zur Nachtzeit an die Lichtung zurückdenkst, die du tagsüber gesehen und durchquert hast, und es dort eine Blume gibt, eine Beere, die du kennst, die im Winde schwankt, und diese Beere, diese Blume zwischen allem

Wilden etwas Wildes, Unantastbares, Tödliches ist? Verstehst du das? Eine Blume, die an ein Wildtier gemahnt? Gefährte, hast du nie mit Schrecken und mit Lust die Natur einer Wölfin, einer Hirschkuh, einer Schlange betrachtet?

FREMDLING Du meinst das Geschlecht des lebendigen Wildes?

ENDYMION Ja, das genügt aber nicht. Kanntest du je eine Gestalt, die so vieles in einem verkörperte und mit sich trüge, daß jede ihrer Gebärden, jeder Gedanke, den du von ihr hegtest, unendliche Dinge deiner Erde und deines Himmels umschlösse – Worte, Erinnerungen, gewesene Tage, um die du nie wissen wirst, künftige Tage, Gewißheiten, und eine andere Erde, einen anderen Himmel, die zu besitzen dir nicht gewährt ist?

FREMDLING Ich hörte von dergleichen sprechen.

ENDYMION O Fremdling, und wenn diese Gestalt das Wild ist, das Wilde, die unantastbare Natur, die namenlos ist?

FREMDLING Du sprichst von schrecklichen Dingen.

ENDYMION Aber noch nicht genug. Du hörst mir zu, wie es sein soll. Und da du durch die Straßen ziehst, weißt du, daß die Erde ganz von Göttlichem und Schrecklichem voll ist. Wenn ich mir dir rede, so darum, weil auch wir als Wanderer und Unbekannte ein wenig göttlich sind.

FREMDLING Gewiß, ich habe viele Dinge gesehn. Und ein paar schreckliche. Aber weit braucht man da nicht zu gehen. Wenn es dir nützen kann, so will ich dir sagen, die Unsterblichen kennen den Weg durch den Rauchfang.

ENDYMION Also weißt du es und kannst mir glauben. Ich schlief eines Abends auf dem Latmos – es war Nacht –, ich hatte mich beim Herumschweifen verspätet, und sitzend schlief ich, gegen einen Baumstamm gelehnt. Ich erwachte unter dem Mond – im Traum hatte ich einen Schauder beim Gedanken, daß ich mich dort in der Lichtung befand –, und ich sah sie. Ich sah sie, die mich mit jenen ein wenig schrägen Augen ansah. Ich wußte es damals nicht, wußte es am andern Tag nicht, gehörte ihr aber schon, war schon in den Kreis ihrer Augen, des Raumes, den sie besetzt hielt, der Lichtung, des Berges, gebannt. Sie grüßte mich mit einem verhaltenen Lächeln; und ich sagte zu ihr: »Herrin«, und sie runzelte die Stirn wie ein etwas verwildertes Mädchen, als hätte sie mein Verwundern begriffen, und fast erschrak ich im Innern über die Benennung Herrin. Immer blieb dann zwischen uns jener Schrecken. O Fremdling, sie sagte mir meinen Namen und trat mir nahe – das Gewand reichte ihr nicht bis zum Knie –, und die Hand ausstreckend, tastete sie mir übers Haar. Fast zögernd berührte sie mich, und ein Lächeln kam ihr, ein unglaubliches, tödliches Lächeln. Ich war im Begriff, ihr vor die Füße zu fallen – ich dachte all ihre Namen –, doch sie hielt mich zurück, wie man ein Kind zurückhält, mit der Hand unter dem Kinn. Ich bin groß und kräftig, du siehst mich, sie war stolz und hatte nur jene Augen – ein mageres wildes Mädchen –, ich aber war wie ein Kind. »Du mußt nie erwachen«, sagte sie. »Mußt dich nicht bewegen. Ich werde dich wieder besuchen.« Und fort ging sie über die Lichtung.

Jene Nacht durchlief ich den Latmos bis zur Frühdämmerung. Ich folgte dem Mond in alle Schluchten, ins dichte Gehölz, auf die Gipfel. Ich spitzte das Ohr, das mir von jener etwas rauhen, kalten, mütterlichen Stimme wie von Meerwasser noch ganz gefüllt war. Jedes Rascheln und jeder Schatten hielten mich an. Von den wilden Geschöpfen sah ich nur halb, wie sie flohen. Als die Helligkeit kam – ein etwas schwarzblaues, überzogenes Licht –, sah ich von hoch auf die Ebene hinab, auf diese Straße, wo wir einhergehn, Fremdling, und ich begriff, daß ich nie mehr leben würde unter den Menschen. Ich war keiner der Ihrigen mehr. Ich wartete auf die Nacht.

FREMDLING Unglaubliche Dinge erzählst du, Endymion. Unglaublich darin, daß du lebst und noch immer einhergehst – obwohl du zweifellos auf den Berg zurückgekehrt bist – und dich die Wilde, die Herrin mit den Namen, sich noch nicht zu eigen gemacht hat.

ENDYMION Ich bin ihr zu eigen, Fremdling.

FREMDLING Ich will sagen... Kennst du die Geschichte des durch die Hunde zerrissenen Hirten, vom Zudringlichen, vom Hirsch-Menschen nicht...?

ENDYMION O Fremdling, ich weiß alles von ihr. Denn wir haben gesprochen, gesprochen, und ich gab vor zu schlafen, immer, Nacht für Nacht, und berührte nicht ihre Hand, wie man die Löwin oder das grüne Wasser vom Teich oder das, was am meisten unser ist und wir im Herzen tragen, auch nicht berührt. Höre. Sie steht vor mir – ein mageres Mädchen, lächelt nicht, schaut mich an. Und die großen, durchsichtigen Augen haben andere Dinge gesehn. Sie sehen sie noch. Sie sind selbst diese Dinge. In diesen Augen ist die Beere und das Wild, ist das Geheul, der Tod, die grausame Versteinerung. Ich weiß um das vergossene Blut, das zerfetzte Fleisch, die gefräßige Erde, die Einsamkeit. Durch sie, die Wilde, ist Einsamkeit. Durch sie ist das wilde Tier Einsamkeit. Ihre Liebkosung ist die Liebkosung, die man dem Hund oder Baumstamm erweist. Doch sie schaut mich an, Fremdling, schaut mich an, und im kurzen Gewand ist sie ein mageres Mädchen, wie du welche gesehn haben magst in deinem Land.

FREMDLING Habt ihr, Endymion, nicht von deinem Menschenleben gesprochen?

ENDYMION Fremdling, du weißt schreckliche Dinge und

weißt nicht, daß das Wilde und das Göttliche den Menschen auslöschen?

FREMDLING Ich weiß, wenn du auf den Latmos steigst, bist du nicht mehr sterblich. Aber die Unsterblichen können allein sein. Und du willst die Einsamkeit nicht. Du suchst das Geschlecht der Tiere. Du spielst ihr den Schlafenden vor. Was also ist es, das du von ihr verlangt hast?

ENDYMION Daß sie noch einmal lächle. Und diesmal als Blut vor sie hingegossen, Fleisch in der Schnauze ihres Hundes zu sein.

FREMDLING Und was hat sie zu dir gesagt?

ENDYMION Gar nichts sagt sie. Sie schaut mich an. Sie läßt mich allein, im Dämmern des Morgens. Und ich suche sie zwischen den Buchen. Das Taglicht verwundet mir die Augen. »Du mußt nie erwachen«, hat sie zu mir gesagt.

FREMDLING O Sterblicher, an dem Tag, der dich wirklich wach sehen wird, wirst du wissen, warum dich ihr Lächeln geschont hat.

ENDYMION Ich weiß es von jetzt an, o Fremdling, o du, der spricht wie ein Gott.

FREMDLING Das Göttliche und das Schreckliche eilen über die Erde, und wir gehen einher auf den Straßen. Du hast es selber gesagt.

ENDYMION O wandernder Gott, ihre Milde ist wie die Frühdämmerung, ist Offenbarung von Erde und Himmel. Und sie ist göttlich. Für andere aber, für die Dinge und Tiere, hat sie, die Wilde, ein kurzes Lächeln, einen Befehl, der vernichtet. Und niemand hat ihr das Knie je berührt.

FREMDLING Endymion, füge dich in deinem sterblichen Herzen. Weder Gott noch Mensch hat sie berührt. Ihre Stimme, die rauh und mütterlich ist, bleibt alles, was die Wilde dir geben kann.

ENDYMION Und dennoch.

FREMDLING Und dennoch?

ENDYMION Solang jener Berg besteht, werde ich keinen Frieden mehr haben im Schlaf.

FREMDLING Ein jeder hat den Schlaf, der ihm zukommt, Endymion. Und dein Schlaf ist unendlich von Stimmen, von Schreien, und von Erde, von Himmel, von Tagen. Schlaf ihn mit Mut, anderes Gut habt ihr keins. Die wilde Einsamkeit gehört dir. Liebe sie, wie sie sie liebt. Und nun, Endymion, verlasse ich dich. Du wirst sie sehn, heute nacht.

ENDYMION O ich danke dir, wandernder Gott.

FREMDLING Leb wohl. Aber du mußt nicht mehr erwachen, denke daran.

Von Britomartis, einer kretischen und minoischen Nymphe, berichtet uns Kallimachos. Daß Sappho Lesbierin war aus Lesbos, ist eine leidige Sache, wir aber halten für trauriger ihre Lebensunlust, die sie dazu bewog, sich ins Meer zu stürzen, in Griechenlands Meer. Dieses Meer ist voller Inseln, und auf der östlichsten von allen, auf Kypros, ließ die aus den Wellen geborene Aphrodite sich nieder. Ein Meer, das viele Liebschaften und mächtige Unglücke sah. Ist es nötig, die Namen von Ariadne, Phaidra, Andromache, Helle, Skylla, Io, Kassandra, Medeia zu nennen? Alle überquerten sie es, und mehr als eine blieb in ihm zurück. Man bekommt das Gefühl, es müßte ganz durchtränkt sein von Gesäm und von Tränen.

Wellenschaum

(Es sprechen Sappho und Britomartis)

SAPPHO Es ist eintönig hier, Britomartis. Das Meer ist eintönig. Die du schon so lange hier bist, langweilst du dich nicht?

BRITOMARTIS Als du sterblich warst, ging es dir besser, ich weiß. Ein wenig Welle zu werden, die schäumt, ist euch nicht genug. Und dennoch sucht ihr den Tod, diesen Tod. Warum hast du ihn gesucht?

SAPPHO Ich wußte nicht, daß es so würde. Ich glaubte, daß mit dem letzten Sprung alles ende. Daß das Verlangen, die Unruhe, der Aufruhr ausgelöscht würden. Das Meer verschlingt, das Meer vernichtet, sagte ich mir.

BRITOMARTIS Alles stirbt in der See und lebt wieder auf. Nun weißt du's.

SAPPHO Und warum hast du – du als Nymphe – das Meer gesucht, Britomartis?

BRITOMARTIS Ich habe es nicht gesucht, das Meer. Ich lebte auf den Gebirgen. Und von irgendeinem Sterblichen verfolgt, floh ich unter dem Monde. Du, Sappho, du kennst nicht unsere Wälder, die – überhoch – senkrecht hinabfallen zum Meer. Ich machte den Sprung nur, um mich zu retten.

SAPPHO Wozu dich retten?

BRITOMARTIS Um vor ihm zu fliehen, ich selber zu sein. Weil ich mußte, Sappho.

SAPPHO Du mußtest? Jener Sterbliche mißfiel dir so sehr?

BRITOMARTIS Ich weiß nicht, ich hatte ihn nicht gesehn. Ich wußte allein: du mußt fliehn.

SAPPHO Ist dies möglich? Die Tage, das Gebirge, die Wiesen verlassen – die Erde verlassen und Wellenschaum werden –, alles nur, weil du mußtest: Was mußtest du denn? Sehntest du dich nicht danach? Warst du nicht auch daraus erschaffen?

BRITOMARTIS Ich verstehe dich nicht, Sappho, Schöne. Verlangen und Unruhe machten aus dir, die du bist; dann beklagst du dich über meine eigene Flucht.

SAPPHO Du warst nicht sterblich und wußtest, daß man vor nichts fliehen kann.

BRITOMARTIS Ich bin nicht vor dem Verlangen geflohen, Sappho. Was ich ersehne, habe ich. Zuerst war ich Nymphe der Felsen, jetzt Nymphe des Meeres. Wir sind daraus erschaffen. Unser Leben ist Blatt und Stamm, Springquell des Wassers, Wellenschaum. Wir spielen, um leicht die Dinge zu streifen, wir fliehen nicht. Wir ändern uns. Das ist unser Verlangen und das Schicksal. Daß ein Mann uns besitze und halte, ist unser einziges Grauen. Dann allerdings käme das Ende. Kennst du Kalypso?

SAPPHO Ich habe von ihr gehört.

BRITOMARTIS Kalypso hat sich von einem Mann halten lassen. Und nichts mehr hat ihr geholfen. Durch Jahre und Jahre trat sie nicht mehr aus ihrer Grotte. Es kamen alle, Leukothea, Kallianira, Kymodoke, Oreithyia, es kam Amphitrite, und sie redeten ihr zu, nahmen sie mit, retteten sie. Dazu brauchte man aber Jahre, und jener Mann mußte verschwinden.

SAPPHO Ich verstehe Kalypso. Aber ich verstehe nicht, daß sie euch Gehör geschenkt hat. Was ist ein Verlangen, das nachgibt?

BRITOMARTIS O Sappho, sterbliche Woge, wirst du nie wissen, was Lächeln ist?

SAPPHO Als Lebende wußte ich es. Und ich suchte den Tod.

BRITOMARTIS O Sappho, nicht das ist das Lächeln. Lächeln heißt leben wie eine Welle oder ein Blatt und das Schicksal bejahen. Es heißt für eine Form sterben, für eine andere wiedererstehen. Es heißt bejahen, bejahen, sich selbst und das Schicksal.

SAPPHO Du also hast es bejaht?

BRITOMARTIS Ich bin geflüchtet, Sappho. Es ist für uns andere leichter.

SAPPHO Auch ich, Britomartis, wußte beim Gang der Tage zu flüchten. Und meine Flucht war das Hineinschauen in die Dinge und in den Aufruhr, und ein Lied daraus machen, ein Wort. Doch das Schicksal ist etwas ganz anderes.

BRITOMARTIS Sappho, warum? Das Schicksal ist Freude, und sangst du dein Lied, so warst du glücklich.

SAPPHO Ich bin nie glücklich gewesen, Britomartis. Das Verlangen ist nicht Gesang. Das Verlangen zerreißt und brennt wie die Schlange, wie der Wind.

BRITOMARTIS Hast du nie sterbliche Frauen gekannt, die im Verlangen und mitten im Aufruhr in Frieden lebten?

SAPPHO Nicht eine . . . vielleicht doch . . . Keine Sterblichen wie Sappho. Du warst noch die Nymphe der Berge, ich war noch nicht geboren. Da überquerte eine Frau dieses Meer, eine Sterbliche, die immer im Aufruhr lebte – vielleicht in Frieden. Eine Frau, die tötete, zerstörte, blendete wie eine Göttin – sich selbst immer gleich. Vielleicht brauchte sie nicht einmal zu lächeln. Sie war schön, nicht töricht, und alles kämpfte und starb rings um sie her. Britomartis, sie kämpften und starben und baten allein, daß sich ihr Name für einen Nu mit dem ihren verbinde, daß sie dem Leben und dem Tode von allen den Namen verleihe. Und sie lächelten für sie . . . Du kennst sie – Helena, die Tyndaridische, Tochter von Leda.

BRITOMARTIS Und diese war glücklich?

SAPPHO Sie flüchtete nicht, das steht fest. Sie genügte sich selbst. Sie fragte sich nicht, welches ihr Schicksal sei. Wer wollte und stark genug war, nahm sie mit sich. Mit zehn Jahren folgte sie einem Heroen, man nahm sie ihm wieder, vermählte sie mit einem anderen, auch der verlor sie, viele stritten um sie jenseits des Meeres, der zweite nahm sie zurück, sie lebte in Frieden mit ihm, wurde begraben, und sie kannte noch andere im Hades. Keinen belog sie. Keinem lächelte sie. Vielleicht war sie glücklich?

BRITOMARTIS Und auf sie bist du neidisch?

SAPPHO Ich bin auf niemanden neidisch. Ich wollte sterben. Mir genügte es nicht, eine andere zu sein. Kann ich nicht Sappho sein, dann lieber nichts.

BRITOMARTIS Also bejahst du das Schicksal?

SAPPHO Ich bejahe es nicht. Ich bin es. Niemand bejaht es.

BRITOMARTIS Außer uns, die wir zu lächeln vermögen.

SAPPHO Schöne Leistung! Sie liegt in eurem Geschick. Doch was bedeutet sie?

BRITOMARTIS Sie bedeutet bejahen, auch sich selber bejahen.

SAPPHO Und was soll das heißen? Kannst du bejahen, daß eine Macht dich entführt, du Sehnsucht, zitternde Sehnsucht wirst, die sich um den Leib eines Gefährten, einer Gefährtin aufbäumt wie der Schaum zwischen den Klippen? Und dieser Leib stößt dich weg und zerbricht dich, und du fällst zurück und möchtest die Klippe umarmen, sie bejahen. Ein anderes Mal bist du selbst Klippe, und der Schaum – der Aufruhr – bäumt sich zu deinen Füßen. Keiner findet je Frieden. Kann man all das bejahen?

BRITOMARTIS Man muß es bejahen. Du wolltest entkommen, und Schaum bist auch du.

SAPPHO Aber fühlst du ihn, diesen Verdruß, diese Meeresunruhe? Hier brodelt alles und kocht ohne Stillstand. Auch das, was tot ist, bäumt sich ruhelos auf.

BRITOMARTIS Du solltest es kennen, das Meer. Auch du bist von einer Insel . . .

SAPPHO O Britomartis, von Kind auf entsetzte es mich. Dieses unaufhörliche Leben ist öde und traurig. Es gibt kein Wort, das den Überdruß faßte.

BRITOMARTIS Einst, auf meiner Insel, sah ich die Sterblichen kommen und gehn. Es gab Frauen wie dich, Frauen der Liebe, Sappho. Sie schienen nie müd oder traurig.

SAPPHO Ich weiß, Britomartis, ich weiß. Doch bist du ihnen auf ihrem Weg gefolgt? Da war jene, die sich in fremdem Land mit eigenen Händen am Balken des Hauses erhängte. Und jene, die des Morgens – verlassen – auf einer Klippe erwachte. Und dann die andern – so viele andre, von allen Inseln, von allen Ländern, die ins Meer hinabstiegen, und diese war Sklavin, jene wurde mißhandelt, die eine tötete ihre Söhne, die andere litt Not Tag und Nacht, die berührte den festen Boden nicht mehr und wurde ein Ding, ein Wildtier des Meeres.

BRITOMARTIS Doch die Tyndaridische, hast du gesagt, ging daraus unverwundet hervor.

SAPPHO Indem sie den Brand und das Blutbad aussäte. Keinem lächelte sie. Keinen belog sie. Ah, sie war würdig des Meeres. Britomartis, bedenke, wer da unten geboren...

BRITOMARTIS Wen meinst du?

SAPPHO Es gibt noch eine Insel, die du nicht gesehen hast. Wenn der Morgen aufsteigt, ist sie zuerst in der Sonne...

BRITOMARTIS O Sappho!

SAPPHO Dort schnellte jene empor aus dem Schaum, die keinen Namen hat, die sehnsüchtige Unruh, die von selbst lächelt.

BRITOMARTIS Aber die leidet nicht. Ist eine große Göttin.

SAPPHO Und all das, was brodelt und sich aufbäumt im Meere, ist ihre Beschaffenheit und ihr Atem. Hast du sie gesehn, Britomartis?

BRITOMARTIS O Sappho, sag es nicht. Ich bin nur eine winzige Nymphe.

SAPPHO Du siehst, also ...

BRITOMARTIS Vor ihr fliehen wir alle. Sprich nicht davon, Kind.

Das Leben von Meleagros war an ein Brandscheit gebunden, das die Mutter Althaia, da ihr der Sohn geboren wurde, aus dem Feuer herausnahm. Eine herrische Mutter, welche – nachdem Meleagros den seinen Teil an der Eberhaut beanspruchenden Onkel umgebracht hatte – in einem Zornausbruch das Brandscheit ins Feuer zurückwarf und einäschern ließ.

Die Mutter

(Es sprechen Meleagros und Hermes)

MELEAGROS Ich bin verbrannt wie ein Scheit, Hermes.

HERMES Doch hast wohl nicht sehr gelitten.

MELEAGROS Die Qual, die Leidenschaft zuvor waren schlimmer.

HERMES Und nun höre, Meleagros. Du bist gestorben. Die Flamme, der Brand sind vergangene Dinge. Du bist weniger als der Rauch, der aus jenem Feuer aufstieg. Du bist fast das Nichts. Füge dich. Und ein Nichts sind für dich die Dinge der Welt, der Morgen, der Abend, die Länder. Schau dich jetzt um.

MELEAGROS Ich sehe nichts. Und es ist mir gleich. Ich bin noch ein Glosen... Was hast du gesagt von den Ländern der Welt? O Hermes, für einen Gott, wie du es bist, ist die Welt schön und anders und immer süß. Du hast deine Augen, Hermes. Ich aber, Meleagros, war nur Jäger und Jägerssohn, ich kam nie aus meinen Gehölzen hinaus, ich lebte vor einem Herd, und als ich geboren wurde, lag mein Schicksal schon beschlossen im Brandscheit, das meine Mutter dann stahl. Ich kannte nur ein paar Gefährten, die wilden Tiere und meine Mutter.

HERMES Glaubst du, der Mensch, welcher Mensch auch, habe je etwas anderes gekannt?

MELEAGROS Ich weiß nicht. Doch ich hörte erzählen von freiem Leben jenseits der Berge und Flüsse, von Meerüberfahrten, von Archipelen, von Begegnungen mit Ungeheuern und Göttern. Von noch stärkeren Männern als ich, jüngeren, durch seltsame Schicksale geprägt.

HERMES Eine Mutter hatten sie alle, Meleagros. Und mühseliges zu vollbringen. Und ein Tod erwartete sie, durch

Leidenschaft anderer. Keiner war sein eigener Herr oder kannte je anderes.

MELEAGROS Eine Mutter ... die meine kennt niemand. Niemand weiß, was es heißt, das eigene Leben in ihren Händen zu wissen, zu fühlen, wie man verbrennt; und dazu jene Augen, die das Feuer anstarren. Warum riß sie am Tag meiner Geburt das Scheit aus der Flamme und ließ sein Veräschern nicht zu? Und ich mußte wachsen, jener Meleagros werden, weinen, spielen, zur Jagd gehen, den Winter sehen, die Gezeiten des Jahres, Mann sein – um das andere aber wissen, jenes Gewicht tragen im Herzen, aus ihrem Antlitz mein tägliches Los herausforschen. Da liegt die Qual. Ein Feind ist da nichts.

HERMES Ihr seid merkwürdige Wesen, ihr Sterblichen. Wundert euch über das, was ihr wißt. Daß ein Feind nicht wiegt, das ist klar. So, wie daß jeder eine Mutter hat. Und warum ist es unannehmbar, das eigene Leben in ihren Händen zu wissen?

MELEAGROS Wir Jäger, Hermes, haben ein Bündnis. Steigen wir ins Gebirge, so leisten wir uns gegenseitig Beistand – jeder hat in der Faust das Leben des andern, doch der Gefährte wird nicht hintergangen.

HERMES O du Narr, man hintergeht nur den Gefährten ... Doch darum geht es nicht. Euer Leben ist immer im Brandscheit, und die Mutter hat euch aus dem Feuer gerissen, und ihr lebt halb verbrannt. Und die Leidenschaft, die mit euch ein Ende macht, ist noch jene der Mutter. Was anderes seid ihr, wenn nicht ihr Fleisch und Blut?

MELEAGROS Man muß ihre Augen gesehen haben, Hermes. Muß sie von Kindheit auf gesehen, als vertraut gekannt und starr auf jedem Schritt, jeder Gebärde gefühlt haben, durch Tage, durch Jahre, sich bei all dem bewußt, daß sie altern, daß sie sterben – muß darunter gelitten, sich darum gequält und gefürchtet haben, sie zu verletzten. Dann ist es unannehmbar, daß sie ins Feuer starren beim Anblick des Scheites.

HERMES Auch das weißt du und wunderst dich noch, Meleagros? Daß sie aber altern und sterben, das zeigt, daß du inzwischen zum Mann heranwuchsest und sie – im Bewußtsein zu verletzen – anderswo lebendig und wahr suchen gehst. Und findest du diese Augen – man findet sie immer, Meleagros –, so ist die Trägerin von neuem die Mutter. Und du weißt dann nicht mehr, mit wem du zu tun hast, und bist fast zufrieden; sei aber sicher, daß sie – Greisin wie Mädchen – wissen. Und keiner kann vor dem Schicksal, das ihn bei der Geburt mit dem Feuer gezeichnet hat, fliehen.

MELEAGROS Hat jemand anderes mein Schicksal gehabt, Hermes?

HERMES Alle, Meleagros, alle. Auf alle wartet ein Tod durch die Leidenschaft anderer. Im Fleisch und im Blut eines jeden brodelt die Mutter. Wahr ist, daß viele feig sind, feiger als du.

MELEAGROS Ich war nicht feig, Hermes.

HERMES Ich rede mit dir als mit einem Schatten, nicht einem Sterblichen. Solange der Mensch nicht weiß, ist er mutig.

MELEAGROS Ich bin nicht feig, wenn ich rings um mich blicke. Ich weiß jetzt so viele Dinge. Doch daß auch sie – die Junge – jene Augen gekannt habe, glaube ich nicht.

HERMES Sie kannte sie nicht. Sie war jene Augen.

MELEAGROS O Atalante, ich frage mich, ob auch du Mutter sein wirst und imstande, ins Feuer zu schauen.

HERMES Laß sehn, ob du dich der Worte erinnerst, die sie sagte, am Abend, da ihr den Eber umbrachtet.

MELEAGROS An jenem Abend. Am Abend des Bündnisses. Ich vergesse ihn nicht, Hermes. Atalante war voller Zorn, weil ich das Wild hatte fliehen lassen im Schnee. Sie versetzte mir einen Schlag mit der Axt und faßte mich bei der Schulter. Von jenem Schlag fühlte ich mich kaum angerührt, aber ich brüllte ihr zu, zorniger noch als sie: »Geh nach Hause. Geh mit den Frauen zurück, Atalante. Für Mädchenlaunen ist hier nicht der Ort.« Und abends, als der Eber erlegt war, ging Atalante mit mir inmitten der Gefährten, und sie gab mir die Axt, die zu holen sie auf den Schneeberg zurückgekehrt war. Wir schlossen an dem Abend das Bündnis, beim Jagen abwechselnd eins von uns beiden zu entwaffnen, damit das andere nicht vom Zorn verführt werde.

HERMES Und was sagte dir Atalante?

MELEAGROS Ich habe es nicht vergessen, Hermes. »O Sohn der Althaia«, sprach sie, »das Fell des Ebers wird auf unserem Hochzeitsbett liegen. Wie zum Lohn für dein – und mein Blut.« Und sie lächelte, um sich so zu entschuldigen.

HERMES Kein Sterblicher, Meleagros, kann sich seine Mutter als Mädchen vorstellen. Aber scheint es dir nicht, daß, wer dies sagt, imstande ist, ins Feuer zu schauen? Auch die alte Althaia tötete dich als Blutlohn.

MELEAGROS O Hermes, all das ist mein Schicksal. Aber es hat dennoch Sterbliche gegeben, die bis zum Überdruß lebten, ohne daß jemand ihre Tage in der Faust gehabt hätte ...

HERMES Kennst du welche, Meleagros? Es wären Götter. Einem Feigen ist es gelungen, das Haupt zu verstecken, aber Mutterblut trug auch er, und dann haben der Haß, die Leidenschaft, der Zorn aufgelodert in seinem verlassenen Herzen. An irgendeinem Abend des Lebens fühlte auch er sich verbrennen. Nicht alle – das ist wahr – seid ihr so gestorben. Alle führt ihr, wenn ihr einmal wißt, ein Leben von Toten. Glaub mir, Meleagros, du hast Glück gehabt.

MELEAGROS Aber nicht einmal meine Söhne erblicken... mein Lager beinahe nicht kennen ...

HERMES Du hast Glück gehabt. Deine Söhne werden gar nicht geboren. Dein Bett ist verlassen. Deine Gefährten gehen wie damals, als es dich nicht gab, auf die Jagd. Du bist ein Schatten und das Nichts.

MELEAGROS Und Atalante, Atalante?

HERMES Das Haus ist leer, wie damals, als es eindunkelte und ihr zu spät vom Jagen zurückkamt. Atalante, die dich zur Rache aufgehetzt hat, ist nicht gestorben. Die beiden Frauen leben wortlos zusammen, schauen das Herdfeuer an, wo der Bruder deiner Mutter hingestürzt ist und wo du zu Asche geworden. Vielleicht hassen sie sich nicht einmal. Sie kennen einander zu gut. Die Frauen sind nichts ohne den Mann.

MELEAGROS Weshalb haben sie uns dann aber getötet?

HERMES Frag, warum sie euch erzeugt haben, Meleagros.

Überflüssig, Homer nachzumachen. Wir wollten ganz einfach ein Gespräch wiedergeben, das am Vorabend von Patroklos' Tod stattfand.

Die Beiden

(Es sprechen Achilleus und Patroklos)

ACHILLEUS Patroklos, warum sagen wir Menschen stets, um uns Mut einzuflößen: »Ich habe schon Schlimmeres gesehen«, wenn wir sagen müßten: »Das Schlimmste kommt noch. Es kommt noch ein Tag, da wir Leichen sein werden.«?

PATROKLOS Achilleus, ich kenne dich nicht mehr.

ACHILLEUS Ob ich dich aber kenne! Ein wenig Wein genügt nicht, um Patroklos umzubringen. Heut abend weiß ich, daß es schließlich keinen Unterschied gibt zwischen uns andern und den niederen Menschen. Für alle gibt es ein Schlimmstes. Und dieses Schlimmste, das kommt zuletzt, kommt nach allem und stopft dir den Mund zu wie eine Faustvoll Erde. Immer ist es schön, sich daran zu erinnern: »Dieses habe ich gesehn, jenes hab' ich erlitten« – doch ist es nicht ungerecht, daß wir uns der härtesten Sache gerade einst nicht zu erinnern vermögen?

PATROKLOS Wenigstens einer von uns kann sich ihrer dann für den anderen erinnern. Hoffen wir es. So halten wir das Schicksal zum besten.

ACHILLEUS Deshalb wird getrunken des Nachts. Kam dir je der Gedanke, daß ein Kind darum nicht trinkt, weil es nichts weiß vom Tod? Hast du, Patroklos, getrunken als Knabe?

PATROKLOS Ich hab' nie etwas getan, es sei denn mit dir und wie du.

ACHILLEUS Ich will sagen: Wußtest du, was der Tod war, dein Tod, als wir immer beieinander waren und spielten und jagten und der Tag kurz war, die Jahre aber niemals vergingen? Denn als Knabe tötet man wohl, weiß aber nicht, was der Tod ist. Dann kommt der Tag, an dem man plötzlich begreift, im Tod drinnen ist, und von dann ab ist man ein tauglicher Mann. Man kämpft und man spielt, man trinkt, ungeduldig verbringt man die Nacht. Hast du aber je einen betrunkenen Knaben gesehen?

PATROKLOS Ich frage mich, wann es das erste Mal war. Ich weiß es nicht. Entsinne mich nicht. Mir ist, als hätte ich immer getrunken und vom Tod nichts gewußt.

ACHILLEUS Du bist wie ein Knabe, Patroklos.

PATROKLOS Frag deine Feinde, Achilleus.

ACHILLEUS Ich werde es tun. Aber der Tod existiert für dich nicht. Und wer sich nicht fürchtet vor dem Tod, ist kein guter Krieger.

PATROKLOS Immerhin trink' ich mit dir heute nacht.

ACHILLEUS Und bist ohne Erinnerungen, Patroklos? Sagst du nie: »Das hab' ich getan. Das hab' ich gesehn«, indem du dich fragst, was du wirklich getan hast, was dein Leben gewesen ist, was zurückbliebe von dir auf der Erde und im Meer? Wozu verbringt man nur Tage, wenn man sie nicht im Gedächtnis behält?

PATROKLOS Als wir zwei Knaben waren, Achilleus, erinnerten wir uns an nichts. Es genügte uns, immer beieinander zu sein.

ACHILLEUS Ich frage mich, ob sich noch jemand in Thessalien an damals erinnert. Und wann die Gefährten dort unten von diesem Krieg zurückkehren, wer auf jenen Straßen vorbeiziehn, wer wissen wird, daß es auch uns einmal gab – und wir waren zwei Knaben, wie es jetzt bestimmt andere gibt. Ob die Knaben, die jetzt aufwachsen, wissen, was sie erwartet?

PATROKLOS Man denkt nicht an solches als Knabe.

ACHILLEUS Es gibt Tage, die noch erstehen müssen und die wir einst nicht sehen.

PATROKLOS Haben wir nicht schon viele gesehen?

ACHILLEUS Nein, Patroklos, nicht viele. Der Tag kommt, an dem wir Leichen sein werden. Da wir den Mund mit einer Faustvoll Erde zugestopft haben. Und nicht einmal das, was wir sahen, wissen wir dann.

PATROKLOS Es ist sinnlos, daran zu denken.

ACHILLEUS Man kann nicht nicht daran denken. Als Knabe gleicht man Unsterblichen, man schaut und man lacht. Weiß nichts von dem, was es kostet, weiß nichts von Mühsal und Klage. Man kämpft wie zum Spiel und schleudert sich tot auf die Erde. Dann lacht man und geht von neuem ans Spielen.

PATROKLOS Wir haben andere Spiele. Das Bett und die Beute. Die Feinde. Und dieses Trinken von heute nacht. Achilleus, wann werden wir ins Feld zurückkehren?

ACHILLEUS Wir kehren zurück, sei versichert. Ein Schicksal wartet auf uns. Wenn du die Schiffe in Flammen erblickst, dann ist es Zeit.

PATROKLOS Dann?

ACHILLEUS Warum? Erschreckt es dich? Hast du nicht Schlimmeres gesehen?

PATROKLOS Es bringt mich zum Rasen. Wir sind hier, um ein Ende zu machen. Womöglich schon morgen.

ACHILLEUS Hab keine Eile, Patroklos. Überlaß es den Göttern, »morgen« zu sagen. Einzig für sie wird das, was war, wieder sein.

PATROKLOS Doch ob wir Schlimmeres sehen, hängt von uns ab. Bis zuletzt. Trinke, Achilleus. Auf die Lanze und auf den Schild. Das, was gewesen ist, wird weiterhin sein. Wir werden abermals wagen.

ACHILLEUS Ich trinke auf die Sterblichen und auf die Unsterblichen, Patroklos. Auf meinen Vater und auf meine Mutter. Auf das, was gewesen ist, in der Erinnerung. Und auf uns beide.

PATROKLOS So vieles hast du im Gedächtnis?

ACHILLEUS Nicht mehr als ein Weibchen oder ein Bettler. Auch sie sind Kinder gewesen.

PATROKLOS Du bist reich, Achilleus, und für dich ist der Reichtum ein Lumpen, den man wegwirft. Du allein kannst dich einem Bettler vergleichen. Du, der im Ansturm die Klippe von Tenedos nahm, du, der den Gürtel der Amazone zersprengt und auf dem Gebirge mit den Bären gekämpft hat. Welches andere Kind wurde wie du von der Mutter im Feuer gestählt? Du bist Schwert und bist Lanze, Achilleus.

ACHILLEUS Außer im Feuer bist du immer bei mir gewesen.

PATROKLOS So wie der Schatten die Wolke begleitet. Wie Theseus mit Peirithoos. Vielleicht, Achilleus, wird eines Tages von dir verlangt, daß auch du in den Hades kommst, um mich zu befreien. Und dann sehn wir auch das.

ACHILLEUS Besser war jene Zeit, da es den Hades nicht gab. Damals gingen wir zwischen Wäldern und Sturzbächen umher und waren, hatten wir den Schweiß einmal abgespült, Knaben. Damals war jede Gebärde, war jedes Zeichen ein Spiel. Wir waren Erinnerung, und keiner von uns wußte. Hatten wir Mut? Ich weiß nicht. Es ist unwichtig. Ich weiß, daß auf dem Berg des Kentauren der Sommer war, der Winter, das ganze Leben. Wir waren unsterblich.

PATROKLOS Doch dann kam das Schlimmste. Kam das Wagnis und der Tod. Und dann waren wir Krieger.

ACHILLEUS Man entrinnt dem Los nicht. Und meinen Sohn sah ich nicht. Auch Deïdameia ist tot. Oh, warum blieb ich nicht auf der Insel inmitten der Frauen?

PATROKLOS Du hättest dürftige Erinnerungen, Achill. Du wärest ein Knabe. Besser leiden, als nicht bestanden zu haben.

ACHILLEUS Wer sagt dir aber, dies sei das Leben? ... O Patroklos, es ist dieses. Wir mußten das Schlimmste erblicken.

PATROKLOS Ich geh' ins Feld hinaus, morgen, mit dir.

ACHILLEUS Mein Tag ist es noch nicht.

PATROKLOS Nun, dann geh' ich allein. Und um dir Schande zu machen, nehme ich deine Lanze.

ACHILLEUS Ich war noch nicht auf der Welt, als sie die Esche fällten. Ich wollte, ich sähe die Lichtung, die von ihr blieb.

PATROKLOS Geh ins Feld, und du wirst sie als deiner würdig erblicken: soviel Klötze wie Feinde.

ACHILLEUS Die Schiffe brennen noch nicht.

PATROKLOS Ich nehme deinen Beinharnisch und deinen Schild. Dann bist du in meinem Arm. Nichts kann mich dann streifen. Und ich werde glauben, ich spielte.

ACHILLEUS Du bist wahrhaftig der Knabe, der trinkt.

PATROKLOS Als du mit dem Kentaur herumsprangst, Achilleus, dachtest du nicht an die Erinnerungen. Und warst nicht unsterblicher als heute nacht.

ACHILLEUS Nur die Götter kennen das Schicksal und leben. Bei dir aber wird Schicksal gespielt.

PATROKLOS Trink noch mit mir. Morgen dann, im Hades womöglich, erweist sich auch das.

Jedermann weiß, daß Ödipus, nachdem er die Sphinx getötet und Jokaste geheiratet hatte, seinen Ursprung aufdeckte: Er befragte den Hirten, der ihn einst auf dem Kithairon gerettet hatte. Und damit wurde das Orakel, daß er den Vater töten und die Mutter heiraten würde, zur Wahrheit. Und Ödipus blendete sich vor Grauen, ging fort von Theben und starb als Vagabund.

Die Straße

(Es sprechen Ödipus und ein Bettler)

ÖDIPUS Ich bin kein Mann wie die andern, Freund. Ich bin verurteilt worden vom Schicksal. Ich wurde geboren, um unter euch zu herrschen. Ich wuchs auf in den Bergen. Sah ich ein Gebirge oder einen Turm – oder, im Staub dahinschreitend, eine Stadt in der Ferne –, so kam ich in Aufruhr. Und ich wußte nicht, daß ich auf der Suche war nach meinem Schicksal. Jetzt sehe ich nichts mehr, und die Gebirge sind nur noch Anstrengung. Alles, was ich tue, ist Schicksal. Verstehst du?

BETTLER Ich bin alt, Ödipus, und habe nichts als Schicksale gesehen. Glaubst du jedoch, die andern – auch die Knechte, auch die Buckligen oder Krüppel – wären nicht gern König von Theben gewesen wie du?

ÖDIPUS Verstehe mich, Freund. Nicht das war mein Schicksal, daß ich etwas verlor. Weder die Jahre noch die Gebrechen jagen mir Schrecken ein. Ich wollte tiefer noch fallen, wollte alles verlieren – das ist das allgemeine Geschick. Aber nicht Ödipus sein, nicht der Mann sein, der herrschen mußte, ohne darum zu wissen.

BETTLER Ich verstehe nicht. Sei dankbar, daß du Gebieter warst, gegessen und getrunken hast, geschlafen in einem Bett. Wer gestorben ist, hat es schlechter.

ÖDIPUS Das ist es nicht, wie ich dir sage. Es tut mir leid um das Vorher, die Zeit, da ich noch nichts war und ein Mensch hätte sein können, so wie die andern. Statt dessen das Schicksal. Ich mußte gehen und ausgerechnet in Theben anlangen. Ich mußte jenen Alten umbringen. Jene Kinder erzeugen. Lohnt es die Mühe, etwas zu tun, das schon wie getan war, als es dich selbst noch nicht gab?

BETTLER Es lohnt die Mühe, Ödipus. Uns trifft es, und damit genug. Überlaß den Göttern den Rest.

ÖDIPUS Es gibt keine Götter in meinem Leben. Das, was mich trifft, ist grausamer als die Götter. Ich – unwissend wie alle – versuchte, richtig zu handeln, am Tag ein unbekanntes Gut zu entdecken, das mir abends eine Erleichterung böte, die Hoffnung, anderntags mehr zu leisten. Nicht einmal dem Leeren fehlt diese Zufriedenheit. Mich begleiteten Verdacht, unstete Stimmen, Bedrohung. Von anfang an war es nur ein Orakel, ein trauriges Wort, und ich hoffte, davonzukommen. Ich verlebte all jene Jahre so wie der Flüchtling, der über seine Schultern zurückschaut. Ich wagte nur an meine Gedanken, an die Augenblicke der Ruhe, das unverhoffte Wiederaufleben zu glauben. Ich war stets auf der Lauer. Und ich entkam nicht. Gerade in jenen Augenblicken vollzog sich das Schicksal.

BETTLER Aber so, Ödipus, steht es für alle. Das bedeutet ein Schicksal. Gewiß, deine Erlebnisse sind gräßlich gewesen.

ÖDIPUS Nein, du verstehst nicht, du verstehst nicht, das ist es nicht. Ich wollte, daß sie noch gräßlicher wären. Ich wollte der schändlichste und niedrigste Mensch sein, hätte ich nur das, was ich getan habe, gewollt. Nicht so erduldet. Nicht, dieweil ich andres tun wollte, vollbracht. Was ist Ödipus noch, was sind wir alle zusammen, wenn selbst die geheimste Lust deines Blutes schon existiert hat und alles gesagt war, noch bevor du zur Welt kamst?

BETTLER Vielleicht, Ödipus, hat es auch für dich ein paar befriedigende Tage gegeben. Ich meine nicht die, da du die Sphinx besiegt hast und ganz Theben dir zujubelte oder dein erster Sohn dir geboren wurde und du im Palast saßest, dem Rate zu lauschen. An diese Dinge kannst du nicht mehr denken, nun schön. Doch hast du schließlich das

Leben aller gelebt, bist jung gewesen und hast die Welt gesehen, hast gelacht und gespielt und geredet, nicht ohne Weisheit; du hast die Dinge, das Erwachen und das Ruhen genossen und die Straßen durchlaufen. Jetzt bist du blind, nun schön. Du hast aber andere Tage gesehen.

ÖDIPUS Es wäre töricht, das zu verneinen. Und mein Leben ist lang gewesen. Doch ich sage dir von neuem: Ich wurde geboren, um unter euch zu herrschen. Einem Fiebernden bereiten die besten Früchte nur Wallungen und Ekel. Und mein Fieber ist mein Schicksal – die Furcht, die ewige Abscheu, das gerade, was mir bewußt war, zu vollbringen. Ich wußte – habe immer gewußt –, daß ich mich wie das Eichhörnchen benahm, das emporzuklettern vermeint und nur den Käfig im Kreis schwingen läßt. Und ich frage mich: Wer war Ödipus?

BETTLER Einen großen, einen echten Gebieter kannst du ihn nennen. Ich hörte reden von dir auf den Straßen und an den Toren von Theben. Es gab jemanden, der das Zuhause verließ, Boiotien durchwanderte und das Meer sah und – um dein Los zu haben – nach Delphi ging, das Orakel zu versuchen. Du siehst, daß dein Schicksal so ungewöhnlich war, um das Schicksal eines andern zu verwandeln. Was sollte jedoch ein Mann sagen, der ständig in seinem Dorf, in seinem Handwerk lebt, der jeden Tag eine Gebärde nur macht, die üblichen Kinder hat, die üblichen Feste und am üblichen Gebrechen im Alter seines Vaters dann stirbt?

ÖDIPUS Ich bin kein Mann wie die andern, ich weiß. Doch weiß ich, daß selbst der Knecht oder der Idiot – wüßte er über seine Tage Bescheid – noch jene dürftige ihm daraus erwachsende Freude verabscheuen würde. Die Unseligen, die mein Schicksal gesucht haben, sind sie dem eigenen etwa entronnen?

BETTLER Das Leben ist groß, Ödipus. Ich, der mit dir redet, war einer von jenen. Ich habe das Zuhause verlassen und die griechische Erde durchlaufen. Ich habe Delphi gesehen und bin zum Meer gelangt. Ich erhoffte die Begegnung, das Glück, die Sphinx. Dich wußte ich froh in Thebens Königspalast. Ich war ein kräftiger Mann zu der Zeit. Habe ich auch die Sphinx nicht gefunden, und hat auch für mich kein Orakel gesprochen, ich fand am Leben, das ich geführt habe, Gefallen. Du bist mein Orakel gewesen. Du hast mein Geschick gewendet. Betteln oder herrschen, was soll's? Wir haben beide gelebt. Das übrige lasse den Göttern.

ÖDIPUS Du weißt nie, ob du das, was du getan hast, gewollt hast... Doch gewiß, die freie Straße hat etwas Mildes, einmalig Mildes. In ihrer geschlängelten Einsamkeit ist sie wie das Bild jenes Schmerzes, der uns aushöhlt. Ein Schmerz, der wie eine Erleichterung ist, wie ein Regen nach der Schwüle – leise und ruhig scheint er aus den Dingen, aus dem Grund des Herzens hervorzuquellen. Diese Müdigkeit und dieser Frieden nach dem Gelärme des Schicksals sind vielleicht das einzige, das wahrhaftig unser ist.

BETTLER Einmal gab es uns nicht, Ödipus. Also sind auch die Lüste des Herzens, auch das Blut, auch die Aufschwünge dem Nichts entsprungen. Ich will somit sagen, daß auch dein Wunsch, dem Geschick zu entrinnen, in sich selbst Schicksal ist. Wir sind es nicht, die unser Blut gezeugt haben. Dies wissen heißt frei leben und gemäß dem Orakel.

ÖDIPUS Solange man sucht, Freund, dann wohl. Du hast Glück gehabt, nie anzugelangen. Doch kommt der Tag, da du auf den Kithairon zurückkehrst, und du denkst weiter nichts; das Gebirge ist eine neue Kindheit für dich, du siehst es täglich und besteigst es womöglich. Dann sagt dir jemand, du seist dort oben geboren. Und alles stürzt ein.

BETTLER Ich verstehe dich, Ödipus. Doch haben wir alle ein Gebirge der Kindheit. Und wie fern wir auch schweifen, wir finden uns auf seinen Pfaden zurück. Dort wurde aus uns, was wir sind.

ÖDIPUS Reden und leiden, Freund, ist nicht das gleiche. Doch beim Reden, gewiß, besänftigt sich etwas im Herzen. Mit dem Reden steht es wie mit dem Wandern durch Straßen, Tag und Nacht, auf unsere ziellose Art, nicht wie die glücksuchenden Jungen. Und du hast viel geredet und viel gesehen. Du wolltest wahrhaftig herrschen?

BETTLER Wer weiß es? Eines ist sicher, ich mußte mich ändern. Man sucht ein Ding und findet etwas ganz andres. Auch das ist Schicksal. Das Reden hilft jedoch, uns selbst zu entdecken.

ÖDIPUS Und hast du eine Familie? Irgend jemanden? Ich glaube nicht.

BETTLER Ich wäre nicht, der ich bin.

ÖDIPUS Seltsam, daß wir den Nächsten fliehen müssen, um ihn zu begreifen. Und die wahrsten Gespräche sind jene, die wir zufällig führen mit uns Unbekannten. Oh, so hätte ich – Ödipus – leben müssen längs der Straßen von Phokis und vom Isthmos, als ich meine Augen besaß. Und nicht auf die Gebirge steigen, nicht hören auf die Orakel . . .

BETTLER Du vergißt von den Gesprächen, die du geführt hast, zum mindesten eins.

ÖDIPUS Welches denn, Freund?

BETTLER Das am Kreuzweg der Sphinx.

In der Weltgeschichte war das sogenannte titanische Zeitalter von Menschen, Ungeheuern und noch nicht auf dem Olymp organisierten Göttern bevölkert. Manche nehmen selbst an, daß es nur Ungeheuer gab – das heißt in einen mißgestalteten und tierischen Leib eingesperrte Intelligenzen. Daher der Verdacht, es hätten viele derer, die Ungeheuer erlegten – voran Herakles – brüderliches Blut fließen machen.

Der Felsen

(Es sprechen Herakles und Prometheus)

HERAKLES Prometheus, ich bin gekommen, um dich zu befreien.

PROMETHEUS Ich weiß es und erwartete dich. Ich muß dir danken, Herakles. Du legtest eine furchtbare Straße zurück, um bis hierher zu steigen. Aber du weißt nicht, was Angst ist.

HERAKLES Dein Zustand ist furchtbarer, Prometheus.

PROMETHEUS Weißt du wahrhaftig nicht, was Angst ist? Ich glaube nicht.

HERAKLES Wenn es Angst ist, das nicht zu tun, was ich muß, dann habe ich sie nie erfahren. Doch bin ich ein Mensch, Prometheus, und weiß das, was ich tun muß, nicht immer.

PROMETHEUS Erbarmen und Angst sind der Mensch. Etwas anderes gibt es nicht.

HERAKLES Prometheus, du hältst mich am Plaudern, und jeder Augenblick, der verstreicht, setzt deine Qual fort. Ich bin gekommen, um dich zu befreien.

PROMETHEUS Ich weiß, Herakles. Ich wußte es schon, als du noch ein Säugling, noch gar nicht geboren warst. Doch mir ergeht es wie einem Mann, der an einem Ort – im Gefängnis, in der Verbannung, in einer Gefahr – viel erlitten hat und sich dann, wenn der befreiende Augenblick kommt, nicht entschließen kann, jenen Augenblick zu durchschreiten, das durchlittene Leben hinter seinen Rücken zu bringen.

HERAKLES Willst du deinen Fels nicht verlassen?

PROMETHEUS Ich muß ihn verlassen, Herakles – ich sage dir ja, daß ich auf dich wartete. Doch so wie dem Menschen liegt mir der Augenblick schwer auf. Du weißt, daß man sehr leidet hier.

HERAKLES Es genügt, dich zu sehen, Prometheus.

PROMETHEUS Man leidet bis zu dem Punkt, wo man sterben will. Das weißt eines Tages auch du und steigst dann auf einen Felsen. Aber ich, Herakles, kann nicht sterben. Nicht einmal du wirst sterben.

HERAKLES Was sagst du?

PROMETHEUS Ein Gott wird dich rauben. Eine Göttin sogar.

HERAKLES Ich weiß nicht, Prometheus. Also laß es jetzt zu, daß ich dich losmache.

PROMETHEUS Und wie ein Kind wirst du sein, voll heißer Dankbarkeit. Das Schädliche und Mühselige wirst du vergessen und unter dem Himmel leben, die Götter, ihre Weisheit und Güte lobpreisend.

HERAKLES Kommt uns nicht alles von ihnen?

PROMETHEUS O Herakles, es gibt eine ältere Weisheit. Die Welt ist alt, älter als dieser Felsen. Und auch sie wissen es. Jedes Ding hat ein Schicksal. Aber die Götter sind jung, so jung fast wie du.

HERAKLES Bist nicht auch du einer von ihnen?

PROMETHEUS Ich werde es noch sein. So will es das Schicksal. Aber einst war ich ein Titane und lebte in einer Welt ohne Götter. Auch das kam einst vor ... Kannst du dir eine solche Welt nicht vorstellen?

HERAKLES Ist es nicht die Welt der Ungeheuer, des Chaos?

PROMETHEUS Der Titanen und Menschen, Herakles. Der Tiere und Wälder. Der See und des Himmels. Es ist die Welt von Kampf und von Blut, die dich zu dem gemacht hat, der du bist. Selbst der letzte, der ruchloseste Gott war damals Titane. Es gibt nichts von Wert in der heutigen oder künftigen Welt, das nicht titanisch wäre.

HERAKLES Es war eine Welt von Felsen.

PROMETHEUS Alle habt ihr einen Felsen, ihr Menschen.

Darum liebte ich euch. Doch Götter sind jene, die den Felsen nicht kennen. Sie können weder lachen noch weinen. Sie lächeln vor dem Schicksal.

HERAKLES Sie sind es, die dich festgeschmiedet haben.

PROMETHEUS O Herakles, der Siegreiche ist immer ein Gott. Solange der Mensch-Titane kämpft und sich hält, kann er lachen und weinen. Und wenn sie dich festnageln, wenn du auf den Berg hinaufsteigst, das ist der Sieg, den das Schicksal dir zuläßt. Wir müssen dankbar sein dafür. Was ist ein Sieg, wenn nicht Erbarmen, das zur Handlung wird, das die anderen rettet auf eigene Kosten? Jeder arbeitet für die andern, unter dem Gesetz des Schicksals. Ich selbst, Herakles, werde ich heute befreit, so bin ich es jemandem schuldig.

HERAKLES Ich habe Schlimmeres gesehen und dich noch immer nicht befreit.

PROMETHEUS Herakles, ich rede nicht von dir. Du bist barmherzig und tapfer. Doch für dein Teil hast du es schon vollbracht.

HERAKLES Nichts habe ich vollbracht, Prometheus.

PROMETHEUS Du wärst kein Sterblicher, wenn du das Schicksal kenntest. Doch lebst du in einer Welt von Göttern. Und auch das haben euch die Götter entzogen. Du weißt nichts und hast schon alles vollbracht. Erinnere dich an den Kentauren.

HERAKLES An das Mensch-Tier, das ich heute morgen getötet habe?

PROMETHEUS Sie lassen sich nicht töten, die Ungeheuer. Das können nicht einmal die Götter. Ein Tag wird kommen, an dem du glaubst, du habest ein anderes und noch tierhafteres Ungeheuer getötet, und hast dabei nur deinen Felsen bereitet. Weißt du, wen du getroffen hast heute morgen?

HERAKLES Den Kentauren.

PROMETHEUS Chiron hast du getroffen, den gütigen, den guten Freund der Titanen und Sterblichen.

HERAKLES O Prometheus ...

PROMETHEUS Sei nicht traurig darüber, Herakles. Wir sind uns alle Gefährten. Das Gesetz der Welt will es, daß keiner frei wird, wenn man nicht Blut für ihn vergießt. Auch für dich wird sich das gleiche ereignen, auf dem Öta. Und Chiron war wissend.

HERAKLES Willst du sagen, er bot sich an?

PROMETHEUS Gewiß. So wie ich einmal wußte, daß der Diebstahl des Feuers mein Felsen sein werde.

HERAKLES Prometheus, laß mich dich losmachen. Dann sag mir alles von Chiron, vom Öta.

PROMETHEUS Ich bin schon gelöst, Herakles. Ich konnte nur losgemacht werden, wenn ein anderer meinen Posten einnahm. Und Chiron ließ sich durchbohren von dir, den das Geschick dazu sandte. Doch ein Gesetz der Gerechtigkeit regiert in dieser dem Chaos entsprungenen Welt. Das Mitleid, die Angst und der Mut sind nur Werkzeug. Nichts wird getan, was sich nicht wiederholt. Das Blut, das du verströmen ließest und noch verströmen läßt, stößt dich einst auf den Öta, um dich deinen Tod sterben zu lassen. Der Ungeheuer Blut wird es sein, zu dessen Zerstörung du lebst. Und du wirst einen Scheiterhaufen besteigen, den das Feuer entzündet, das ich einst stahl.

HERAKLES Aber ich könne nicht sterben, hast du mir gesagt.

PROMETHEUS Der Tod kam in diese Welt mit den Göttern. Ihr Sterblichen fürchtet den Tod, weil ihr, was die Götter betrifft, von ihrer Unsterblichkeit wißt. Aber jeder hat den Tod, den er verdient. Auch sie werden enden.

HERAKLES Was sagst du?

PROMETHEUS Alles kann man nicht sagen. Doch bedenke stets, daß die Ungeheuer nicht sterben. Das, was stirbt, ist die Angst, die sie dir einflößen. So steht es mit den Göttern. Wenn sich die Sterblichen nicht mehr vor ihnen fürchten, werden die Götter verschwinden.

HERAKLES Kommen dann die Titanen zurück?

PROMETHEUS Die Steinblöcke und die Wälder kommen auch nicht zurück. Sie sind da. Was war, wird wieder sein.

HERAKLES Doch immerhin wart ihr gefesselt. Auch du.

PROMETHEUS Wir sind ein Name, nichts weiter. Verstehe mich, Herakles. Und die Welt hat Gezeiten wie das Feld und die Erde. Es kommt der Winter, es kommt der Sommer zurück. Wer kann sagen, der Wald sei vergänglich? Oder der Wald sei von Dauer? Binnen kurzem seid ihr die Titanen.

HERAKLES Wir Sterblichen?

PROMETHEUS Ihr Sterblichen – oder Unsterblichen, das besagt nichts.

Durch das Geschlecht, die Trunkenheit und das Blut wurde seit je die unterirdische Welt aufgerufen; und mehr als einem versprachen sie chthonische Seligkeiten. Aber der thrakische Orpheus, Sänger, Wanderer im Hades und, wie selbst Dionysos, in Stücke zerrissenes Opfer, bedeutete mehr.

Der Untröstliche

(Es sprechen Orpheus und Bakchantin)

ORPHEUS So trug es sich zu. Wir stiegen den Pfad zwischen dem Wald der Schatten hinan. Kokytos, der Styx, die Barke, die Klagen waren schon fern. Auf den Blättern sah man flüchtig das Schimmern des Himmels. Ich vernahm hinter meinem Rücken das Geräusch ihres Schrittes. Aber ich war noch dort unten und hatte am Leib jene Kälte. Ich dachte, daß ich eines Tages dahin würde zurückkehren müssen, daß abermals sein wird, was war. Ich dachte an das Leben mit ihr, wie es einst gewesen, daß es ein anderes Mal zu Ende sein würde. Was gewesen ist, wird wieder sein. Ich dachte an jenen Frost, an jene Leere, die ich durchquert und die sie in den Knochen, im Mark, im Blut mit sich trug. Lohnte es sich, wieder zu leben? Daran dachte ich und sah das Schimmern des Tages. Da sagte ich, »es sei zu Ende«, und wandte mich um. Eurydike verschwand, wie eine Kerze verlischt. Ich vernahm nur ein Rascheln, wie von einer Maus, die sich rettet.

BAKCHA Seltsame Worte, Orpheus. Fast kann ich nicht daran glauben. Hier sagt man, du seist den Göttern und den Musen teuer gewesen. Viele von uns folgen dir nach, weil sie dich verliebt und unglücklich wissen. Du warst so sehr verliebt, daß du – als einziger unter den Menschen – die Schwelle des Nichts überschrittest. Nein, ich glaube nicht daran, Orpheus. Es war nicht deine Schuld, so dich das Schicksal betrog.

ORPHEUS Was soll das Schicksal dabei? Mein Schicksal betrügt nicht. Lächerlich, daß ich mich nach jener Reise, nach dem Anblick des Nichts, aus Irrtum oder aus Laune umwandte.

BAKCHA Hier sagt man, es war aus Liebe.

ORPHEUS Man liebt nicht Gestorbene.

BAKCHA Und doch hast du geklagt über Berge und Hügel – hast sie gesucht und gerufen –, bist hinabgestiegen zum Hades. Das, was war es denn?

ORPHEUS Du sagst, du seist so wie ein Mann. Wisse denn, daß ein Mann nichts anzufangen weiß mit dem Tod. Eurydike, die ich beweint habe, war eine Zeitspanne des Lebens. Ich suchte weit anderes dort unten als ihre Liebe. Ich suchte eine Vergangenheit, die Eurydike nicht kennt. Und diese ging mir auf zwischen den Toten, während ich meinen Gesang ertönen ließ. Ich habe gesehen, wie die Schemen starr wurden und mich mit hohlen Augen anschauten, wie die Klagen verstummten, Persephone sich das Antlitz bedeckte – trotzdem finster-gefühllos – und Hades wie ein Sterblicher sich vorstreckte und lauschte. Ich habe begriffen, daß die Toten nichts mehr sind.

BAKCHA Der Schmerz, Orpheus, hat dich verzerrt. Wer möchte die Vergangenheit nicht zurück? Beinahe war Eurydike wiedergeboren.

ORPHEUS Um abermals zu sterben, Bakcha. Um das Grauen des Hades im Blut mitzutragen und Tag und Nacht mit mir zu zittern. Das Nichts ist dir unbekannt.

BAKCHA Und so hast du, der singend die Vergangenheit wiedererlangte, sie abgewiesen, zerstört. Nein, ich kann nicht daran glauben.

ORPHEUS Versteh mich, Bakcha. Wirklich war diese Vergangenheit nur im Gesang. Hades sah sich selbst, nur indem er mir lauschte. Schon beim Ersteigen des Pfades schwand jene Vergangenheit hin, wurde Erinnerung, wußte von Tod. Als mich das erste Schimmern vom Himmel erreichte, fuhr ich glücklich und ungläubig auf wie ein Knabe, fuhr nur für mich, für die Welt der Lebendigen auf. Die

Zeit, die ich gesucht hatte, war dort in jenem Schimmer. Sie, die mir folgte, ging mich nichts an. Meine Vergangenheit war das Leuchten, war der Gesang und der Morgen. Und ich wandte mich um.

BAKCHA Wie konntest du dich damit abfinden, Orpheus? Wer dich bei der Rückkehr sah, dem jagtest du Angst ein. Eurydike war ein Dasein für dich.

ORPHEUS Albernes Zeug. Indem sie starb, wurde Eurydike etwas anderes. Jener Orpheus, der hinabstieg zum Hades, war nicht mehr Gatte noch Witwer. Mein Wehklagen von damals war wie das Klagen, das man als Knabe anstimmt und beim Zurückdenken belächelt. Die Zeit ist vorbei. Ich suchte, als ich wehklagte, nicht mehr sie, sondern mich selbst. Ein Schicksal, wenn du so willst. Ich hörte mir zu.

BAKCHA Viele von uns folgten dir, weil sie an dein Wehklagen glaubten. Du hast uns also betrogen?

ORPHEUS O Bakcha, Bakcha, so willst du durchaus nicht begreifen? Mein Schicksal betrügt nicht. Ich habe mich selber gesucht. Man sucht nichts als sich selbst.

BAKCHA Wir sind hier einfacher, Orpheus. Wir glauben an die Liebe und an den Tod, und wir weinen und lachen mit allen. Unsere fröhlichsten Feste sind jene, bei welchen Blut fließt. Wir, die thrakischen Frauen, fürchten sie nicht, jene Dinge.

ORPHEUS Von der Seite des Lebens gesehen, ist alles schön. Glaube aber dem, der unter den Toten geweilt hat ... Es lohnt nicht die Mühe.

BAKCHA Einst warst du nicht so, sprachst nicht vom Nichts. Den Tod herbeiführen macht uns den Göttern ähnlich. Du selber lehrtest, daß eine Trunkenheit das Leben und den Tod mit sich fortreißt und uns über das Menschliche hinaushebt ... Du hast das Fest gesehen.

ORPHEUS Nicht das Blut, Mädchen, ist es, worauf es ankommt. Weder die Trunkenheit noch das Blut machen mir Eindruck. Doch was ein Mann ist, läßt sich schwer sagen. Das weißt auch du nicht, Bakcha.

BAKCHA Ohne uns, Orpheus, wärest du nichts.

ORPHEUS Ich sagte und weiß es. Doch was heißt das schon? Ohne euch bin ich in den Hades hinuntergestiegen ...

BAKCHA Du stiegst hinunter, um uns zu suchen.

ORPHEUS Aber ich habe euch nicht gefunden. Ich wollte etwas ganz anderes. Das ich gefunden habe bei der Rückkehr ans Licht.

BAKCHA Einst sangst du Eurydike auf den Bergen ...

ORPHEUS Die Zeit geht vorüber, Bakcha. Die Berge sind da, Eurydike gibt es nicht mehr. Diese Dinge haben einen Namen, sie heißen Mensch. Die Götter des Festes anrufen ist hier unnütz.

BAKCHA Auch du riefst sie an.

ORPHEUS Alles tut ein Mensch so im Leben. Alles glaubt er im Lauf seiner Tage. Glaubt sogar, daß sein Blut ab und zu eines andern Adern durchfließe. Oder das, was gewesen ist, sei rückgängig zu machen. Er glaubt, mit der Trunkenheit das Schicksal zu brechen. Ich weiß das alles, und es ist nichts.

BAKCHA Du weißt nichts mit dem Tod anzufangen, Orpheus, und dein Gedanke ist einzig Tod. Es gab eine Zeit, da das Fest uns unsterblich machte.

ORPHEUS Und ihr genießt es, das Fest. Alles ist dem, der noch nicht weiß, erlaubt. Es ist nötig, daß jeder einmal in seine Hölle hinabsteigt. Die Orgie meines Schicksals hat im Hades geendet, hat geendet im Besingen von Leben und Tod, meinen Weisen entsprechend.

BAKCHA Und was soll das heißen: ein Schicksal betrügt nicht?

ORPHEUS Das soll heißen, daß es in dir ist, etwas von dir, tiefer noch als das Blut, jenseits von jeder Trunkenheit. Kein Gott kann es berühren.

BAKCHA Mag sein, Orpheus. Wir aber suchen keine Eurydike. Wie kommt es, daß auch wir in die Hölle absteigen?

ORPHEUS Jedesmal, wenn man einen Gott anruft, kennt man den Tod. Und man steigt in den Hades, um etwas zu entreißen, ein Schicksal zu verletzen. Die Nacht wird nicht besiegt, und das Licht geht einem verloren. Man schlägt sich herum wie besessen.

BAKCHA Du sagst häßliche Dinge ... Hast auch du das Licht also verloren?

ORPHEUS Ich war fast verloren, und ich sang. Begreifend habe ich mich selber gefunden.

BAKCHA Lohnt es die Mühe, sich auf diese Weise zu finden? Es gibt einen einfacheren Weg der Unwissenheit und der Freude. Der Gott ist wie ein Gebieter zwischen dem Leben und dem Tode. Wir geben uns seiner Trunkenheit hin, zerfleischen oder werden zerfleischt. Wir werden jedesmal wiedergeboren und erwachen in den Tag, so wie du.

ORPHEUS Sprich nicht von Tag, von Erwachen. Wenige Menschen wissen. Keine Frau wie du weiß, was ist.

BAKCHA Vielleicht ist es dies, weshalb sie dir folgen, die thrakischen Frauen. Du bist für sie wie der Gott. Bist von den Bergen heruntergekommen. Singst Verse von Liebe und Tod.

ORPHEUS Närrin. Mit dir kann man wenigstens sprechen. Eines Tages bist du vielleicht wie ein Mann.

BAKCHA Wenn nur vorher die thrakischen Frauen ...

ORPHEUS Sag.

BAKCHA Wenn sie nur den Gott nicht zerreißen.

Lykaon, der Herrscher Arkadiens, wurde von Zeus in einen Wolf verwandelt wegen seiner Unmenschlichkeit. Der Mythos aber sagt nicht, wo und wie er den Tod fand.

Der Wolf-Mensch

(Es sprechen zwei Jäger)

ERSTER JÄGER Es ist nicht das erste Mal, daß ein Tier umgebracht wird.

ZWEITER JÄGER Wohl aber, daß wir einen Menschen umgebracht haben.

ERSTER JÄGER Daran denken ist nicht unsere Sache. Es sind die Hunde, die ihn uns aus der Höhle vertrieben. Zu sagen, wer er gewesen ist, liegt nicht an uns. Als wir ihn weißhaarig und blutbefleckt gegen die Steinblöcke gedrängt im Schlamm waten sahen, mit Zähnen, röter als seine Augen, wer dachte an seinen Namen und an die Geschichte von einst? Er starb, indem er den Wurfspieß zerbiß, als wäre es die Kehle eines Hundes. Er hatte nicht nur das Fell, er hatte das Herz eines Tieres. Seit langem sah man in diesen Wäldern keinen ähnlichen oder größeren Wolf.

ZWEITER JÄGER Ich denke wohl an ihn, seinen Namen. Ich war noch ein Knabe, und schon ging die Rede von ihm. Man erzählte unglaubliche Dinge aus der Zeit, da er Mensch war – daß er versuchte, dem Herrscher der Berge an die Kehle zu gehen. Gewiß, sein Haar hatte die Farbe von zertrampeltem Schnee – er war alt, ein Phantom –, und hatte Augen wie Blut.

ERSTER JÄGER Nun ist es geschehen. Wir müssen ihm das Fell überziehen und in die Ebene zurückkehren. Denk an das Fest, das auf uns wartet.

ZWEITER JÄGER Wir machen uns auf, wenn der Morgen anbricht. Was sollen wir anderes als uns wärmen an diesem Brennholz? Die Doggen halten Wacht bei der Leiche.

ERSTER JÄGER Es ist keine Leiche, es ist nur ein Gerippe.

Aber wir müssen ihm die Haut überziehen, sonst wird es härter als ein Steinblock.

ZWEITER JÄGER Ich frage mich, ob wir ihn, wenn die Haut ab ist, nicht eingraben sollten. Er war einmal ein Mensch. Sein tierisches Blut hat er vergossen im Schlamm. Und es wird jener nackte Haufen von Knochen und Fleisch wie von einem Greis oder Kind übrigbleiben.

ERSTER JÄGER Du hast recht, er war alt. Er war schon Wolf, als die Gebirge noch unbehaust ragten. Er hatte es länger geschafft als die ergrauten, verschimmelten Baumstämme. Wer entsinnt sich, daß er einen Namen besaß und jemand war? Wenn wir aufrichtig sein wollen, er hätte längst schon erledigt sein müssen.

ZWEITER JÄGER Aber sein Leib unbeerdigt hier bleiben ... Er war Lykaon, ein Jäger wie wir.

ERSTER JÄGER Jeden von uns kann der Tod auf den Bergen ereilen und niemand uns je wiederfinden, es sei denn der Regen oder der Geier. Wenn er wirklich ein Jäger war, ist er übel gestorben.

ZWEITER JÄGER Er hat sich als Greis verteidigt, mit den Augen. Doch im Grunde glaubst du es nicht, daß er dein Ebenbild war. Du glaubst nicht an seinen Namen. Wenn du es glaubtest, so würdest du seinen Leichnam nicht beleidigen wollen, denn du wüßtest, daß auch er die Toten verachtete, auch er grimmig und unmenschlich lebte – wegen nichts anderem machte der Herr der Gebirge ein Wildtier aus ihm.

ERSTER JÄGER Man erzählt von ihm, daß er seine Mitmenschen kochte.

ZWEITER JÄGER Ich kenne Männer, die viel weniger verübt haben, und sie sind Wölfe – es fehlt ihnen nur das tierische Heulen und der Unterschlupf in den Wäldern. Bist du deiner so sicher, um dich nie als Lykaon, so wie er zu empfinden? Wir anderen alle haben Tage, an denen wir, wenn ein Gott uns anrührte, heulen und jedem, der uns widerstünde, an die Kehle gehen würden. Was ist es, das uns rettet, wenn nicht dies, daß wir beim Erwachen diese Hände und diesen Mund und diese Stimme zurückfinden? Er aber hatte keine Ausflüchte – verließ für immer die menschlichen Augen, die Häuser. Jetzt wenigstens, da er tot ist, sollte er Frieden haben.

ERSTER JÄGER Ich glaube nicht, daß er Frieden braucht. Wer war mehr im Frieden als er, da er sich auf den Felsen hinkauern und zum Mond heulen konnte? Ich habe genug in den Wäldern gelebt, um zu wissen, daß die Baumstämme und wilden Tiere nichts Geheiligtes fürchten und nur zum Lärmen oder zum Gähnen himmelwärts schauen. Es gibt sogar etwas, das sie den Gebietern des Himmels angleicht: was immer sie tun, kein Gewissen quält sie.

ZWEITER JÄGER Wenn man dich hört, dünkt einen, als sei das Schicksal des Wolfes ein erhabenes Schicksal.

ERSTER JÄGER Ich weiß nicht, ob erhaben, ob niedrig, aber hast du je von einem Tier oder einer Pflanze gehört, die sich zu menschlichem Wesen umgeformt hätte? Diese Orte aber sind voll von Männern und Frauen, die der Gott berührt hat – der wurde Busch, der Vogel, der Wolf. Und wie ruchlos er war, welche Verbrechen er auch beging: er erlangte, daß er keine roten Hände mehr hatte, er entfloh dem Gewissen und der Hoffnung, er vergaß, daß er Mensch war. Empfinden die Götter nicht ebenso?

ZWEITER JÄGER Eine Strafe ist eine Strafe, und wer sie verhängt, hat darin wenigstens Mitleid, daß sie dem Ruchlosen die Unsicherheit nimmt und den Gewissensbiß zum Schicksal macht. Auch wenn sich das Tier der Vergangenheit nicht mehr entsinnt und nur durch Beute und Tod lebt, es bleibt sein Name, es bleibt das, was es war. Da gibt es die urzeitliche, auf dem Hügel begrabene Kallisto. Wer weiß noch um ihr Verbrechen? Die Gebieter des Himmels haben sie hart bestraft. Aus einer Frau – sie war schön, wird gesagt – eine Bärin machen, die brüllt und die weint, die nachts vor Angst in die Häuser zurückkehren will . . . Da hast du ein Tier, das keinen Frieden fand. Der Sohn kam und tötete sie mit der Lanze, und die Götter rührten sich nicht. Manche sagen auch, daß sie – reuig – einen Sternenschwarm aus ihr machten. Doch der Leichnam blieb und ist begraben.

ERSTER JÄGER Was soll das heißen? Ich kenne die Geschichten. Daß Kallisto sich nicht abfinden konnte, daran sind die Götter nicht schuld. Es ist, als begebe sich jemand schwermütig zu einem Festmahl oder betrinke sich bei einem Begräbnis. Wäre ich Wolf, ich wäre Wolf auch im Schlaf.

ZWEITER JÄGER Du kennst die Straße des Blutes nicht. Die Götter geben dir nichts hinzu, noch nehmen sie dir etwas weg. Sie nageln dich nur – mit leichtem Schlag – da fest, wo du angelangt bist. Was vorher Lust, was Wahl war, enthüllt sich als Schicksal. Das bedeutet: Wolf werden. Du bleibst aber der, der aus den Häusern floh, bleibst der uralte Lykaon.

ERSTER JÄGER Du willst also sagen, daß Lykaon in den Klauen der Doggen litt wie ein Mann, auf den man die Hunde losläßt?

ZWEITER JÄGER Er war alt, war erschöpft; du selber gibst zu, daß er sich nicht zu verteidigen wußte. Während er ohne Laut auf den Steinen starb, dachte ich an jene alten Lumpen, die manchmal vor den Höfen stehenbleiben; und die Hunde würgen sich an der Kette, um sie zu beißen. Auch das kommt vor, in den Häusern dort unten. Sagen wir ruhig, er hat gelebt wie ein Wolf. Doch als er starb und uns erblickte, begriff er, daß er Mensch war. Er sagte es uns mit den Augen.

ERSTER JÄGER Freund, und du glaubst, ihm sei es wichtig, wie ein Mensch unter der Erde zu faulen, er, für den jagende Männer das letzte waren, was er gesehen hat?

ZWEITER JÄGER Es gibt einen Frieden jenseits vom Tod. Ein gemeinsames Los. Es ist den Lebendigen, ist dem Wolf, der in uns allen ist, wichtig. Es war an uns, ihn zu töten. Folgen wir wenigstens dem Brauch, und überlassen wir die Schmähung den Göttern. Wir kehren mit sauberen Händen zu den Häusern zurück.

Phrygien und Lydien sind immer Länder gewesen, von denen die Griechen gerne Grausamkeiten erzählten. Alles war – wohlverstanden – bei ihnen zu Hause geschehen, doch in älteren Zeiten. Unnütz zu sagen, wer den Wettstreit im Mähen verlor.

Der Gastfreund

(Es sprechen Lityerses und Herakles)

LITYERSES Fremdling, hier ist das Feld. Auch wir sind gastfreundlich, wie ihr bei euch zu Hause. Von hier zu entkommen ist dir nicht möglich. Hast du mit uns gegessen und getrunken, schlürft unsere Erde dein Blut in sich hinein, und übers Jahr wird der Maiandros ein dichteres und volleres Korn sehen als dieses.

HERAKLES Habt ihr viele vordem so getötet auf dem Feld?

LITYERSES Recht viele. Doch keinen, der deine Kraft gehabt und allein genügt hätte. Und du bist rothaarig, hast Pupillen wie Blumen – du gibst diesem Erdboden Kraft.

HERAKLES Wer hat euch diese Sitte gelehrt?

LITYERSES Man hat es immer getan. Wenn du die Erde nicht ernährst, wie kannst du von ihr fordern, daß sie dich ernähre?

HERAKLES Schon heuer scheint mir dein Korn zu üppig gewachsen. Dem Schnitter reicht es an die Schulter. Wen habt ihr umgebracht?

LITYERSES Es kam kein Fremder. Wir töteten einen alten Sklaven und einen Ziegenbock. Es war weiches Blut, das die Erde kaum spürte. Sieh die Ähre, wie dürftig sie ist. Der Leib, den wir zerreißen, muß erst schwitzen, in der Sonne aufschäumen. Darum sollst du mähen, Garben tragen, von Mühsal triefen, und erst am Ende, wenn dein Blut lauter und lebensvoll glüht, wird es an der Zeit sein, dir die Kehle zu öffnen. Du bist jung und stark.

HERAKLES Was sagen eure Götter dazu?

LITYERSES Es gibt keine Götter über dem Feld. Es gibt nur die Erde, die Mutter, die Grotte, die immer wartet und nur erschauert unter der Woge des Blutes. Noch diesen Abend, Fremdling, bist du selbst in der Grotte.

HERAKLES Steigt ihr andern Phrygier nicht hinab in die Grotte?

LITYERSES Wir gehen aus ihr hervor bei der Geburt, und mit der Rückkehr hat es keine Eile.

HERAKLES Ich habe verstanden. Und so ist euren Göttern der Dung des Blutes notwendig.

LITYERSES Nicht Götter, sondern die Erde, Fremdling. Ihr, lebt ihr nicht auf einer Erde?

HERAKLES Unsere Götter sind nicht auf der Erde, doch sie leiten das Meer und die Erde, den Wald und die Wolke, so wie der Hirt seine Herde sich hält und der Herr über seine Sklaven befiehlt. Wie Gedanken in den Augen von einem, der spricht, oder wie die Wolken im Himmel halten sie sich abseits auf dem Berg. Sie brauchen kein Blut.

LITYERSES Ich begreife dich nicht, fremder Gast. Die Wolke, der Felsen, die Grotte haben für uns denselben Namen und halten sich nicht abseits. Das Blut, das die Mutter uns gab, geben wir ihr zurück im Schweiß, im Kot, im Tode. Wahrlich, von weither kommst du. Jene, eure Götter, sind nichts.

HERAKLES Sie sind ein Geschlecht von Unsterblichen. Sie haben den Wald, die Erde und ihre Ungeheuer besiegt. Sie haben solche wie du in die Grotte verjagt, die Blut vergossen, um die Erde zu nähren.

LITYERSES Sieh an, deine Götter wissen wohl, was sie tun. Auch sie haben die Erde sättigen müssen. Und schließlich bist du zu kräftig, um aus einer nicht gesättigten Erde geboren zu sein.

HERAKLES Auf denn, Lityerses, wird gemäht?

LITYERSES Gast, du bist seltsam. Bisher hat das keiner je gesagt vor dem Feld. Fürchtest du ihn nicht, den Tod auf der Garbe? Hoffst du vielleicht, wie eine Wachtel oder ein Eichhorn zwischen den Furchen zu fliehen?

HERAKLES Habe ich richtig verstanden, so ist es nicht Tod, sondern Heimkehr zur Mutter und wie eine gastliche Gabe. All diese Bauern, die auf dem Felde sich abmühen, werden mit Gebeten und Gesängen begrüßen, wer sein Blut für sie gibt. Es ist eine große Ehre.

LITYERSES Gast, sei bedankt. Ich versichere dir, daß der Sklave, den wir letztes Jahr umgebracht haben, nicht auf diese Art sprach. Er war alt und entkräftet, und dennoch mußte man ihn mit Baststrängen fesseln, und er wehrte sich lange unter den Sicheln, so daß er völlig verblutet war, ehe er hinfiel.

HERAKLES Diesmal, Lityerses, wird es besser gehen. Und sag mir, ist der Unglückliche einmal getötet, was macht ihr mit ihm?

LITYERSES Man zerreißt ihn, noch halb lebendig, und die Fetzen verstreuen wir ins Feld, daß sie die Mutter berühren. Wir bewahren das blutige Haupt, umwinden es mit Ähren und Blumen, und jubelnd und ausgelassen schleudern wir es in den Maiandros. Denn die Mutter ist nicht allein Erde, sondern, wie ich dir sagte, auch Wolke und Wasser.

HERAKLES Du weißt viele Dinge, Lityerses; nicht umsonst bist du Gebieter der Felder von Kelainai. Und in Pessinus, sag mir, töten sie da viele?

LITYERSES Überall, Fremdling, tötet man unter der Sonne. Unser Korn keimt einzig aus berieselten Schollen. Die Erde ist lebendig, und sie bedarf der Nahrung.

HERAKLES Aber warum muß der, den ihr tötet, ein Fremder sein? Die Erde, die Grotte, die euch erschuf, sie sollte doch die Säfte vorziehen, die ihr am meisten gleichen. Hast auch du zum Essen nicht lieber das Brot und den Wein deines Feldes?

LITYERSES Du gefällst mir, Fremdling, nimmst unser Wohl dir zu Herzen, als wärst du einer von uns. Aber denk einen Augenblick nach, warum wir die Mühsal und Sorge dieser Arbeit tragen. Um zu leben, nicht wahr? So ist es also gerecht, daß wir im Leben verweilen, um das Meßopfer für uns zu genießen, und daß die anderen sterben. Du bist kein Bauer.

HERAKLES Doch wäre es nicht auch gerechter, den Weg zu finden, der dem Morden ein Ende setzte, und daß alle, Fremde wie Einheimische, vom Korn essen würden? Zum letztenmal töten, einen, der allein und für immer die Erde und die Wolke und die Kraft der Sonne auf dieser Ebene befruchtet?

LITYERSES Du bist kein Bauer, das sieht man. Du weißt nicht einmal, daß die Erde bei jeder Sonnenwende aufs neue beginnt und daß der Kreislauf des Jahres alle Dinge erschöpft.

HERAKLES Doch wird es hier auf der Ebene wohl einen geben, der – von den Vätern her – mit allen Säften der Jahreszeiten genährt, so stark und so reich ist und von solch schenkender Kraft des Blutes, daß er zur Wiederbelebung der Erde von den vergangenen Zeiten ein für alle Male genügt?

LITYERSES Du machst mich lachen, Fremdling. Es scheint fast, als sprächst du von mir. Ich bin der einzige in Kelainai, der, durch den Stamm seiner Väter, immer hier unten gelebt hat. Ich bin der Gebieter, du weißt es.

HERAKLES Ich spreche tatsächlich von dir. Wir werden mähen, Lityerses. Für dieses blutige Werk bin ich aus Griechenland gekommen. Wir mähen. Und heute abend kehrst du heim in die Grotte.

LITYERSES Mich willst du töten, auf meinem eigenen Feld?

HERAKLES Ich will bis zum Tod mit dir kämpfen.

LITYERSES Kannst du die Sichel wenigstens führen, Fremdling?

HERAKLES Sei ruhig, Lityerses. Mach dich dran.

LITYERSES Deine Arme, die sind freilich stark.

HERAKLES Mach dich dran.

Auch die Griechen haben Menschenopfer vollzogen. Jede Bauernkultur hat das getan. Und alle Kulturen sind einmal Bauernkulturen gewesen.

Die Feuer

(Es sprechen zwei Hirten)

SOHN Die ganze Berggegend brennt.

VATER Es wird soviel dafür getan. Gewiß, der Kithairon ist etwas anderes heute nacht. Wir weiden zu hoch dieses Jahr. Hast du die Tiere beisammen?

SOHN Unser Feuer sieht niemand.

VATER Was soll es; wenn wir es nur machen.

SOHN Es gibt mehr Feuer als Sterne.

VATER Leg die Glut hinein.

SOHN Sie ist drin.

VATER O Zeus, empfange dies Opfer von Milch und süßem Honig; wir sind arme Hirten, und über die Herde, die uns nicht gehört, können wir nicht verfügen. Dieses brennende Feuer entferne das Unheil und möge – wie es sich mit Rauchkringeln bedeckt – uns mit Wolken bedecken... Nässe und spritze, Knabe. Es genügt, wenn sie das Kalb in den großen Gutshöfen schlachten. Wenn es regnet, so regnet es überall.

SOHN Vater, sind das Feuer oder Sterne da unten?

VATER Schau nicht dorthin. Gegen das Meer zu mußt du spritzen. Vom Meer herauf steigen die Regen.

SOHN Geht der Regen weit, Vater? Und regnet es überall, wenn es regnet? Auch in Thespia? Auch in Theben? Sie haben kein Meer dort oben.

VATER Aber sie haben doch Weiden, du Dummer, brauchen Brunnen. Auch sie haben die Feuer entzündet heute nacht.

SOHN Hinter Thespia aber? Noch weiter weg? Dort, wo sich Leute, die Tag und Nacht wandern, stets inmitten des Gebirges befinden? Mir hat man gesagt, dort oben regne es nie.

VATER Die Feuer gibt es überall heute nacht.

SOHN Warum regnet es nicht? Die Feuer sind angezündet.

VATER Wir halten die Feier ab, Junge. Regnete es, würden sie alle verlöschen. Wem kommt das gelegen? Es regnet dann morgen.

SOHN Und hat es nie, während sie noch brannten, auf die Feuer geregnet?

VATER Wer mag das wissen? Du warst noch nicht auf der Welt, nicht einmal ich, und schon wurden die Feuer entzündet. Immer heute nacht. Man sagt, daß es einmal geregnet hat auf die Feuer.

SOHN Ja?

VATER Es war aber zu einer Zeit, da der Mensch gerechter lebte als heute und auch die Söhne des Königs noch Hirten waren. Dieses ganze Land glich der Tenne damals, war sauber und gangbar und dem König Athamas untergeben. Man arbeitete, man lebte, und es war nicht notwendig, die Zicklein vor dem Herrn zu verbergen. Man berichtet, daß furchtbare Hundstage kamen, wobei die Weiden und Brunnen versiegten und das Volk starb. Die Feuer dienten zu nichts. Da berief Athamas seinen Rat. Doch er war alt und hatte seit kurzem eine Gattin im Haus, ein junges, herrschsüchtiges Mädchen, und es begann ihm den Kopf vollzureden, daß jetzt nicht der Augenblick sei, sich schlaff anzustellen, den Ruf zu verlieren. Hatte man gebetet und gespritzt? Ja. Hatte man das Kalb und den Stier, viele Stiere getötet? Ja. Was war erfolgt? Nichts. Man opfere also die Söhne. Verstehst du? Aber nicht etwa ihre eigenen, da sie sie nicht habe: stell dir vor; sondern die zwei schon erwachsenen Söhne der ersten Gemahlin, zwei Knaben, die den ganzen Tag auf dem Feld arbeiteten. Und Athamas, der Tölpel, entschloß sich; er läßt sie rufen. Jene begreifen, die Söhne des Königs sind nicht blöde, versteht sich, und dann auf die Beine. Und mit ihnen schwanden die ersten

Wolken dahin, die ein Gott, sobald er darum wußte, aufs Feld geschickt hatte. Und sofort mußte jene Hexe bemerken: »Seht ihr! Der Einfall war richtig, schon gab es Wolken; hier muß man jemandem die Kehle durchschneiden.« Und all das bewirkt, daß die Leute beschließen, Athamas zu ergreifen und zu verbrennen. Sie bereiten das Feuer, zünden es an; sie führen Athamas vor, gebunden und wie der Ochse mit Blumen geschmückt, und sowie sie sich anschicken, ihn ins Feuer zu werfen, kommt schlechtes Wetter. Es donnert, blitzt, und ein Gotteswasser prasselt hernieder. Das Land lebt wieder auf. Das Wasser löscht den Brandstapel aus, und Athamas, als gütiger Mann, verzeiht allen, auch der Gemahlin. Nimm dich in acht, Junge, vor den Frauen. Leichter noch läßt sich der Unterschied von Schlange und Schlange erkennen.

SOHN Und die Söhne des Königs?

VATER Man hat nichts mehr von ihnen erfahren. Aber zwei Knaben wie jene werden schon zu Gutem gelangt sein.

SOHN Und wenn man damals gerecht war, warum wollte man zwei Knaben verbrennen?

VATER Dummkopf, weißt nicht, was Hundstage sind. Ich habe welche und dein Großvater hat welche gesehen. Der Winter ist nichts. Man leidet im Winter, weiß aber, daß er den Ernten guttut. Die Hundstage nicht. Die Hundstage brennen. Alles stirbt, und Hunger und Durst verwandeln die Menschen. Nimm einen, der nicht gegessen: er ist streitsüchtig. Und denke dir jene Leute, die alle einträchtig lebten und wo jeder seinen Boden besaß, an gutes Streben und gutes Leben gewöhnt. Es versiegen die Brunnen, es verbrennen die Saaten, sie haben Hunger und haben Durst. Sie werden Raubtiere.

SOHN Es waren schlechte Leute.

VATER Nicht schlechter als wir anderen auch. Unsere

Hundstage sind unsere Herren. Und es gibt keinen Regen, der uns frei machen könnte.

SOHN Mir gefallen diese Feuer nicht mehr. Warum haben die Götter sie nötig? Ist es wahr, daß sie einst Menschen darauf verbrannten?

VATER Sie gingen vorsichtig zu Werk. Sie verbrannten Lahme, Nichtstuer und Irre. Sie verbrannten, wer zu nichts taugte, wer auf den Feldern stahl. Damit sind die Götter zufrieden. Ob gut, ob schlecht, es regnete.

SOHN Ich begreife nicht, welches Vergnügen die Götter daran fanden. Da es ohnedies regnete. Auch bei Athamas. Sie haben den Scheiterhaufen gelöscht.

VATER Schau, die Götter sind die Herren. Sind wie die Herren. Willst du, sie sähen einen der Ihren verbrennen? Untereinander helfen sie sich. Uns hingegen hilft niemand. Ob es regnet oder schön ist, was kümmert das die Götter? Jetzt werden die Feuer entzündet, und man sagt, es bringt Regen. Was kümmert es sie, die Herren? Hast du sie je aufs Feld kommen sehn?

SOHN Ich nicht.

VATER Nun also. Genügte es einst, ein Feuer zu machen, damit es regne, einen Landstreicher darauf zu verbrennen, um die Ernte zu retten: wieviel herrschende Häuser müssen da in Asche gelegt, wie viele Herren über Straßen und Plätze hin umgebracht werden, bevor die Welt wieder gerecht wird und unser Wort wieder zählt?

SOHN Und die Götter?

VATER Was haben sie damit zu tun?

SOHN Hast du nicht gesagt, Götter und Herren hielten sich bei der Hand? Die Götter sind unsere Herren.

VATER Wir schlachten ein Zicklein. Und dann? Wir erschlagen die Landstreicher und wer uns bestiehlt. Wir lassen ein Feuer abbrennen.

SOHN Ich wollte, es wäre schon Morgen. Mir jagen die Götter Angst ein.

VATER Du tust gut daran. Die Götter bleiben durch uns erhalten. In deinem Alter ist es schändlich, wenn man nicht an sie denkt.

SOHN Ich will nicht an sie denken. Die Götter sind ungerecht. Was haben's die nötig, daß man lebendige Menschen verbrennt?

VATER Wenn es nicht so wäre, wären sie keine Götter. Wer nicht arbeitet, wo, meinst du, soll er dann hin mit der Zeit? Als es die Herren nicht gab und man mit Gerechtigkeit lebte, mußte man hin und wieder jemanden erschlagen, um sie genießen zu lassen. So sind sie. Aber in unseren Zeiten haben sie das nicht mehr nötig. So vielen von uns geht es schlecht, daß ihnen das Zuschauen genügt.

SOHN Landstreicher auch sie.

VATER Landstreicher. Das hast du trefflich gesagt.

SOHN Was sagten die verkrüppelten Knaben, als sie auf dem Feuer verbrannten? Schrien sie sehr?

VATER Es geht nicht so sehr um das Schreien. *Wer* schreit, ist von Belang. Ein Krüppel oder ein Böser leisten nichts Gutes. Schlimmer ist es jedoch, wenn ein Mann, der Kinder hat, die Nichtstuer zunehmen sieht. Das ist ungerecht.

SOHN Ich kann nicht still sein, denke ich an die Feuer von einst. Schau, wie viele sie dort unten anzünden.

VATER Nun verbrannten sie nicht einen Knaben pro Feuer. Es ist wie jetzt mit dem Zicklein. Wohlverstanden. Wenn es einer zum Regnen bringt, regnet es für alle. Es genügte ein Mann pro Gebirge, pro Land.

SOHN Ich will nicht, verstehst du, will nicht. Sie tun gut daran, unsere Herren, uns das Mark aufzuessen, wenn wir untereinander so ungerecht waren. Die Götter tun gut daran zuzusehen, wie wir dulden. Wir sind alle schlecht.

VATER Mach jetzt die Laubzweige naß und spritze. Du bist noch unwissend. Du ausgerechnet willst von gerecht und von ungerecht sprechen. Dem Meer zu, Dummkopf ... O Zeus, empfange dies Opfer ...

Alle wissen, daß der schiffbrüchige Odysseus bei der Heimkehr neun Jahre lang auf der Insel Ogygia weilte, wo sich nur Kalypso, eine Göttin der Vorzeit, aufhielt.

Die Insel

(Es sprechen Kalypso und Odysseus)

KALYPSO Odysseus, nichts ist hier sehr anders. Auch du willst, wie ich, auf einer Insel verweilen. Du hast alles gesehen und erlitten. Eines Tages sage ich dir vielleicht das, was ich erlitt. Alle beide sind wir müde von einem mächtigen Schicksal. Warum noch weiter? Was macht es dir aus, daß diese Insel nicht die ist, die du suchtest? Hier fällt nie etwas vor. Ein wenig Erde und einen Horizont gibt es hier. Hier kannst du immerfort leben.

ODYSSEUS Ein unsterbliches Leben.

KALYPSO Unsterblich ist, wer den Augenblick annimmt. Wer kein Morgen mehr kennt. Doch nenne es so, wenn das Wort dir gefällt. Bist du wirklich schon dahin gelangt?

ODYSSEUS Ich hielt für unsterblich, wer sich vor dem Tode nicht fürchtet.

KALYPSO Wer nicht zu leben erhofft. Gewiß, du bist es schon fast. Auch du hast viel gelitten. Doch warum diese Sucht, dich nach Hause zurückzubegeben? Du bist noch unruhig. Was sollen die Gespräche, die du allein zwischen den Klippen mit dir führst?

ODYSSEUS Zöge ich morgen davon, wärst du unglücklich?

KALYPSO Du willst zuviel wissen, Lieber. Wir sagen, ich bin unsterblich. Doch wenn du nicht auf deine Erinnerungen und Träume verzichtest und nicht deine Besessenheit aufgibst und den Horizont nicht anerkennst, dann trittst du nie aus jenem Schicksal, das dir bekannt ist.

ODYSSEUS Ich soll ständig einen Horizont anerkennen. Und was nur erreichen damit?

KALYPSO Das Haupt zur Ruh legen und schweigen, Odysseus. Hast du dich je gefragt, warum auch wir nach dem

Schlummer verlangen? Hast du dich je gefragt, wo die alten Götter hingehen, von denen die Welt nichts mehr weiß? Warum sie versinken in der Zeit, wie in der Erde die Steine, sie, die doch ewig sind? Und wer bin ich, wer ist Kalypso?

ODYSSEUS Ob du glücklich seist, wollte ich wissen.

KALYPSO Darum geht es nicht, Odysseus. Die Luft, auch die Luft dieses verlassenen Eilands, die jetzt nur von des Meeres Gedröhn und Vogelschreien erzittert, ist zu leer. Gib acht, in dieser Leere ist nichts zu betrauern. Aber fühlst nicht auch du an bestimmten Tagen eine Stille, einen Stillstand, der wie die Spur einer urzeitlichen, einer verschwundenen Spannung und Gegenwärtigkeit ist?

ODYSSEUS Also auch du sprichst zu den Klippen?

KALYPSO Es ist eine Stille, sag' ich. Etwas sehr weit Entrücktes und beinahe Totes. Das, was gewesen ist und nie wieder sein wird. In der alten Welt der Götter, als eine Gebärde von mir Schicksal war. Ich hatte angstweckende Namen, Odysseus. Die Erde und das Meer gehorchten mir. Dann wurde ich müde; Zeit ging vorüber, ich wollte mich nicht mehr bewegen. Irgendeine von uns widerstrebte den neuen Göttern; ich ließ es zu, daß die Namen versanken in die Zeit; alles änderte und blieb sich gleich; es lohnte sich nicht, den neuen das Schicksal streitig zu machen. Meinen Horizont kannte ich nun und wußte, warum die alten mit uns anderen keinen Streit geführt hatten.

ODYSSEUS Doch warst du nicht unsterblich?

KALYPSO Und ich bin es, Odysseus. Zu sterben erhoffe ich nicht. Erhoffe auch nicht zu leben. Ich nehme den Augenblick an. Auf euch Sterbliche wartet ein Gleiches: das Alter, das Trauern. Warum willst du dein Haupt nicht auf diese Insel betten wie ich?

ODYSSEUS Wenn ich glaubte, daß du gelassen bist, würde ich es tun. Aber auch du – einst Herrin von allen Dingen –

hast mich, einen Sterblichen, nötig, damit er dir hilft zu ertragen.

KALYPSO Es ist ein gegenseitiges Wohltun, Odysseus. Eine wirkliche Stille ist nur die geteilte.

ODYSSEUS Dir genügt es nicht, daß ich heute, jetzt, bei dir bin?

KALYPSO Du bist nicht bei mir, Odysseus. Dem Horizont dieser Insel fügst du dich nicht. Und du wirst dein Trauern nicht los.

ODYSSEUS Was mich trauern läßt, ist ein lebendiges Teil von mir selber wie von dir deine Stille. Was ist verwandelt für dich seit jenem Tag, da dir Meer und Erde gehorchten? Du hast deine Namen vergessen und gespürt, daß du müd und allein bist. Entzogen wurde dir nichts. Was du bist, hast du gewollt.

KALYPSO Was ich bin, Lieber, das ist fast nichts. Ist fast sterblich, fast ein Schatten wie du. Es ist ein langer, wer weiß wann begonnener Schlaf, und du bist in diesen Schlaf gelangt wie ein Traum. Ich fürchte die Dämmerung, das Erwachen; wenn du fortgehst, kommt das Erwachen.

ODYSSEUS Bist du's – die Herrin –, die spricht?

KALYPSO Ich fürchte das Erwachen wie du den Tod. Sieh, vorher war ich tot, nun weiß ich es. Auf dieser Insel blieb nichts von mir übrig als die Stimme der See und des Windes. Oh, ein Leiden war es nicht. Ich schlief. Doch seit du hier bist, trägst du eine andere Insel in dir.

ODYSSEUS Zu lange schon suche ich sie. Du weißt nicht, was es bedeutet, ein Land ins Auge zu fassen und jedesmal dann zu blinzeln, um sich zu betrügen. Ich kann nicht annehmen und schweigen.

KALYPSO Und doch, Odysseus, sagt ihr Menschen, wiederzufinden, was man verloren, sei stets ein Übel. Die Vergangenheit kommt nicht zurück. Nichts widersteht dem

Strömen der Zeit. Du, der den Okeanos, die Ungeheuer, das Elysion gesehen hat, kannst du die Häuser, deine Häuser denn wiedererkennen?

ODYSSEUS Du selbst hast gesagt, ich trüge die Insel in mir.

KALYPSO Oh, gewandelt, verloren, als Stille. Das Echo eines Meeres zwischen Klippen oder ein wenig Rauch. Keiner wird sie teilen können mit dir. Die Häuser werden aussehen wie das Antlitz eines Greises. Deine Worte werden einen anderen Sinn haben als die ihren. Du wirst einsamer sein als im Meer.

ODYSSEUS Ich werde wenigstens wissen, daß ich haltmachen muß.

KALYPSO Es ist der Mühe nicht wert, Odysseus. Wer jetzt nicht haltmacht, sofort, der macht nie mehr halt. Das, was du tust, wirst du immerfort tun. Einmal mußt du das Schicksal durchbrechen, mußt du von der Straße abweichen und dich in die Zeit sinken lassen ...

ODYSSEUS Ich bin nicht unsterblich.

KALYPSO Du wirst es sein, wenn du mich anhörst. Was ist ewiges Leben, wenn nicht dies: den Augenblick annehmen, der kommt, und den, der geht? Die Trunkenheit, die Lust und der Tod haben keinen anderen Zweck. Was war bis jetzt dein ruheloses Irren?

ODYSSEUS Wenn ich es wüßte, hätte ich es beendet. Doch etwas vergißt du.

KALYPSO Sag es mir.

ODYSSEUS Was ich suche, das habe ich im Herzen wie du.

Hippolytos, der jungfräuliche Jäger aus Troizen, starb einen schlimmen Tod durch den Zorn Aphrodites. Diana aber, die ihn wiedererweckte, entrückte ihn nach Italien (Hesperien) auf die Albanerberge, wo sie ihn zu ihrem Kult gebrauchte und Virbius nannte. Virbius hatte Kinder von der Nymphe Aricia.
Für die Antiken war der Okzident – man denke an die Odyssee – das Land der Toten.

Der See

(Es sprechen Virbius und Diana)

VIRBIUS Ich sage dir, mir gefiel es, als ich hier ankam. Dieser See schien mir das urzeitliche Meer. Und es machte mich fröhlich, dein Leben zu leben, für alle gestorben zu sein, dir im Wald und auf den Bergen zu dienen. Hier wissen die Wildtiere, die Gipfel, die Bauern nichts, kennen niemanden als dich. Es ist ein Land ohne vergangene Dinge, ein Land der Toten.

DIANA Hippolytos ...

VIRBIUS Hippolytos ist gestorben, du hast mich Virbius genannt.

DIANA Hippolytos, vergeßt ihr Sterblichen nicht einmal im Sterben das Leben?

VIRBIUS Höre. Für alle bin ich gestorben, und ich diene dir. Da du mich dem Hades entrissen und dem Licht neu geschenkt hast, verlangte ich nichts, als mich zu bewegen, zu atmen und dich zu verehren. Du hast mich hierhergestellt, wo Erde und Himmel aufleuchten, wo alles schmackhaft und kräftig, alles neu ist. Auch die Nacht ist hier jung und tief, mehr als zu Hause. Hier geht die Zeit nicht vorüber. Erinnerungen kommen nicht auf. Und du allein bist hier Gebieterin.

DIANA Du bist ganz von Erinnerungen durchtränkt, Hippolytos. Doch will ich einen Augenblick annehmen, daß dieses ein Totenreich sei: was anderes tut man im Hades, wenn nicht die Vergangenheit wieder durchwandern?

VIRBIUS Hippolytos ist gestorben, sage ich dir. Und dieser See, der dem Himmel ähnlich ist, weiß nichts von Hippolytos. Wenn es mich hier nicht gäbe, diese Erde wäre gleich, wie sie ist. Sie scheint ein ersonnenes Land, von jenseits der

Wolken gesehen. Einst – noch als Knabe – dachte ich mir, daß hinter den heimischen Bergen, weit weg, wo die Sonne hinabging – man brauchte nur zu gehen, immer zu gehen –, ich im kindlichen Land des Morgens, der Jagd, des ewigen Spieles anlangen würde. Ein Sklave sagte zu mir: »Gib acht, Kleiner, was du dir wünschst. Die Götter gewähren es immer.« Das war es. Ich wußte nicht, daß ich nach dem Tod verlangte.

DIANA Das ist eine weitere Erinnerung. Worüber beklagst du dich?

VIRBIUS O Wilde, ich weiß nicht. Es scheint gestern, daß ich da unten die Augen aufschlug. Ich weiß es, es ist sehr viel Zeit schon verflossen, und diese Berge, dieses Wasser, diese großen Bäume sind unbeweglich und stumm. Wer ist Virbius? Bin ich etwas anderes als ein Knabe, der jeden Morgen erwacht und zum Spiel zurückkehrt, als ob die Zeit nicht verginge?

DIANA Du bist Hippolytos, der Knabe, der starb, um mir zu folgen. Und jetzt lebst du jenseits der Zeit. Erinnerungen hast du nicht nötig. Mit mir lebt man in den Tag hinein, wie der Hase, wie der Hirsch, wie der Wolf. Und man flieht, man verfolgt sich ständig. Dies ist keine Erde von Toten, sondern das lebendige Dämmern eines ewigen Morgens. Erinnerungen hast du nicht nötig, weil du dieses Leben immer gekannt hast.

VIRBIUS Und doch ist die Gegend hier wahrhaftig lebendiger als in der Heimat. Es ist in allen Dingen und in der Sonne ein strahlendes Licht, als ob es aus dem Inneren käme, eine Kraft, die einem von den Tagen noch nicht angebraucht scheint. Was ist für euch Götter diese Erde Hesperiens?

DIANA Sie ist nicht verschieden von den anderen unter dem Himmel. Wir leben nicht von Vergangenheit oder von Zukunft. Jeder Tag ist für uns so wie der erste. Was dir wie eine große Stille vorkommt, ist unser Himmel.

VIRBIUS Und doch habe ich an Orten gelebt, die dir lieber sind. Ich habe auf dem Dindymon gejagt, habe die Küsten von Troizen durchlaufen, Länder, die arm und wild sind wie ich. Doch in dieser unmenschlichen Stille, in diesem Leben jenseits des Lebens hatte ich niemals geatmet. Was ist es, das aus ihm Einsamkeit macht?

DIANA Kind, das du bist: Ein Land, in dem der Mensch niemals war, bleibt immer ein Reich der Toten. Von deinem Meer und von den Inseln werden andere kommen und glauben, sie durchzögen den Hades. Und es gibt andere, noch entlegenere Gefilde ...

VIRBIUS Andere Seen, andere Morgen als diese. Das Wasser ist blauer als die Pflaumen zwischen dem Grün. Mir ist, ich sei ein Schatten unter den Schatten der Bäume. Je mehr ich mich erwärme an dieser Sonne und mich nähre an dieser Erde, desto mehr meine ich mich aufzulösen in Tropfen und Geräusche, in die Stimme vom See, in das Knarren des Waldes. Es gibt etwas Entrücktes hinter den Stämmen, in den Steinblöcken, in meinem eigenen Schweiß.

DIANA Das sind die Erregtheiten aus deiner Knabenzeit.

VIRBIUS Ich bin kein Knabe mehr. Ich kenne dich und komme aus dem Hades. Meine Erde ist weit weg wie die Wolken da oben. Ja, schau, ich gehe zwischen den Stämmen und Dingen einher, als wäre ich eine Wolke.

DIANA Du bist glücklich, Hippolytos. Wenn es dem Menschen gegeben ist, glücklich zu sein, so bist du's.

VIRBIUS Glücklich ist der Knabe, der ich war, der gestorben ist. Du hast ihn gerettet, und ich danke dir. Der Wiedergeborene aber, dein Diener, der Flüchtling, der die Eiche und deine Wälder behütet, der ist nicht glücklich, weil er nicht einmal weiß, ob er existiert. Wer antwortet ihm? Wer redet mit ihm? Fügt das Heute etwas zu seinem Gestern hinzu?

DIANA So liegt also alles darin, Virbius? Willst du Gesellschaft?

VIRBIUS Du weißt, was ich will.

DIANA Stets hören die Sterblichen auf, indem sie dieses verlangen. Was habt ihr nur im Blut?

VIRBIUS Mich fragst du, was das Blut sei?

DIANA Es ist ein göttlicher Geschmack im vergossenen Blut. Wie häufig hab' ich dich nicht das Reh oder die Wölfin umwerfen, ihnen die Kehle durchschneiden und die Hände hineintauchen sehen! Darum gefielst du mir. Doch das andere Blut, euer Blut, das euch die Adern schwellt und die Augen befeuert, kenne ich nicht so gut. Ich weiß, es ist Leben und Schicksal für euch.

VIRBIUS Ich habe es schon einmal vergossen. Und daß ich es heute verwirrt und unruhig spüre, beweist mir, daß ich lebendig bin. Weder die Kraft der Pflanzen noch das Licht vom See sind mir genug. Diese Dinge sind wie die Wolken, die ewigen Schweifer des Morgens und Abends, Hüter der Horizonte, die Figuren des Hades. Anderes Blut nur kann das meinige stillen. So daß es unruhig strömt, dann gesättigt.

DIANA Um dich beim Wort zu nehmen, du möchtest schlachten.

VIRBIUS Du irrst dich nicht, Wilde. Zuvor, als ich Hippolytos war, schlachtete ich das Wild ab. Das hat mir genügt. Hier nun, in diesem Reich der Toten, gleitet mir auch das Wild wie Gewölk durch die Hand. Die Schuld liegt bei mir, glaube ich. Doch ich habe es nötig, ein heißes und brüderliches Blut an mich zu drücken. Für mich ist es nötig, eine Stimme und ein Schicksal zu haben. O Wilde, gewähre mir das.

DIANA Überleg es dir wohl, Virbius-Hippolytos. Du bist glücklich gewesen.

VIRBIUS Das ist unwichtig, Herrin. Ich habe mich zu häufig gespiegelt im See. Ich verlange zu leben, nicht, glücklich zu sein.

Odysseus gelangte zu Kirke: gewarnt vor der Gefahr und magisch gegen die Verzauberung immunisiert. Daher war der Schlag vom Stäbchen der Zauberin nutzlos. Die Zauberin aber – eine urzeitliche, mittelmeerische und unter ihren Rang gesunkene Göttin – wußte seit langem, daß ein Odysseus in ihr Schicksal eintreten werde. Homer hat damit nicht Rechnung gehalten, wie man es möchte.

Die Hexen

(Es sprechen Kirke und Leukothea)

KIRKE Glaub mir, Leuko, ich begriff nicht sogleich. Es kommt manchmal vor, daß man sich irrt in der Formel, es ist ein Gedächtnisschwund möglich. Und doch hatte ich ihn berührt. Die Wahrheit ist die: Ich erwartete ihn schon so lange, daß ich nicht mehr daran dachte. Kaum war mir alles begreiflich – er hatte einen Sprung gemacht und Hand an den Degen gelegt –, da mußte ich lächeln – so groß war die Zufriedenheit und zugleich die Enttäuschung. Ich dachte sogar, auf ihn verzichten zu können, dem Los zu entfliehen. »Schließlich ist es Odysseus«, dachte ich, »einer, der heimkehren will.« Schon beschloß ich, ihn einzuschiffen. Liebe Leuko! Er schwang jenen Degen – lächerlich und beherzt, wie nur ein Mann es sein kann –, und ich mußte lächeln, ihn mustern, wie ich es mache mit denen, und mich verwundern und entfernen. Ich fühlte mich so wie ein Mädchen, so wie einst, als wir Mädchen waren und man uns sagte, was wir tun würden als Große, und wir loslachten. Alles spielte sich ab wie ein Tanz. Er faßte mich bei den Handgelenken, erhob seine Stimme, ich nahm alle Farben an – und doch war ich bleich, Leuko –, ich umschlang ihm die Knie und sagte mein Stichwort: »Wer bist du? Von welcher Erde gezeugt ...« Armer, dachte ich, er weiß nicht, was ihm da zustößt. Er war groß, war gelockt, ein schöner Mann, Leuko. Welch erstaunliches Schwein, welchen Wolf hätte er abgegeben!

LEUKOTHEA Doch hast du ihm diese Dinge gesagt während des Jahrs, das er mit dir verbracht hat?

KIRKE O Mädchen, sprich nicht über die Dinge des Schicksals mit einem Mann. Jene glauben, sie hätten alles gesagt, wenn sie es eine Kette aus Eisen, einen verhängnisvollen Ratschluß genannt haben. Die verhängnisvollen Herrinnen nennen sie uns, du weißt es.

LEUKOTHEA Sie können nicht lächeln.

KIRKE Doch. Der und jener kann lachen vor dem Geschick, kann lachen danach, doch dazwischen muß er es ernst im Sinne haben oder muß sterben. Sie können nicht scherzen über die göttlichen Dinge, sie können sich selbst nicht vortragen hören wie wir. So kurz ist ihr Leben, daß sie es nicht gutheißen können, schon Getanes oder schon Gewußtes zu tun. Auch er, Odysseus, der mutige, hörte auf, mich zu begreifen, wenn ich in diesem Sinn ein Wort zu ihm sagte, und gedachte Penelopes.

LEUKOTHEA Welch Langeweile!

KIRKE Ja, aber schau, ich versteh ihn. Mit Penelope brauchte er nicht zu lächeln, mit ihr war alles, auch die tägliche Mahlzeit, ernst und einmalig – sie konnten sich auf den Tod vorbereiten. Du weißt nicht, wie sehr der Tod sie anzieht. Zu sterben ist somit ein Schicksal für sie, eine Wiederholung, etwas Gewußtes, doch sie täuschen sich vor, daß es etwas verwandle.

LEUKOTHEA Warum wollte er dann bloß kein Schwein werden?

KIRKE Ach, Leuko, nicht einmal ein Gott wollte er werden, und du weißt, wie sehr Kalypso ihn bat, jene Närrin. Odysseus war so, war nicht Schwein und nicht Gott, war einfach ein Mensch, außerordentlich klug und tapfer vor dem Geschick.

LEUKOTHEA Sag mir, Teure, hat es dir sehr gefallen mit ihm?

KIRKE Ich bedenke eines, Leuko. Keine von uns Göttinnen hat sich jemals zur Sterblichen machen wollen, keine hat es jemals gewünscht. Und hier wäre gerade das Neue, das die Kette zersprengte.

LEUKOTHEA Möchtest du?

KIRKE Was sagst du, Leuko ... Odysseus begriff nicht, weshalb ich lächelte. Er begriff häufig nicht einmal, daß ich lächelte. Ich glaubte einmal, ihm erklärt zu haben, warum das Tier uns andern Unsterblichen näher ist als der kluge und mutige Mensch. Das Tier, das frißt, das bespringt und das kein Gedächtnis hat. Er antwortete mir, daß ihn ein Hund in der Heimat erwarte, ein armer Hund, der vielleicht tot sei, und er nannte mir seinen Namen. Verstehst du, Leuko, jener Hund besaß einen Namen.

LEUKOTHEA Auch uns anderen geben sie einen Namen, die Menschen.

KIRKE Viele Namen gab mir Odysseus, wenn er sich auf meinem Lager befand. Jedesmal war es ein Name. Zu Beginn klang es wie der Schrei eines Tieres, eines Schweines oder des Wolfes, aber nach und nach merkte er selber, daß es Silben eines einzelnen Wortes waren. Er hat mich bei den Namen aller Göttinnen genannt, bei den Namen unserer Schwestern, der Mutter, der Dinge des Lebens. Es war wie ein Kampf mit mir, mit dem Schicksal. Er wollte mich zertrümmern. Klugheit und Mut wandte er an – hatte er auch –, aber nie konnte er lächeln. Was das Lächeln der Götter ist, wußte er nie – das Lächeln von uns, die das Schicksal kennen.

LEUKOTHEA Kein Mann begreift uns andere und das Tier. Ich habe sie gesehen, deine Männer. Zu Wölfen oder Schweinen geworden, brüllen sie noch wie richtige Menschen. Es ist eine Qual. In all ihrer Klugheit sind sie recht roh. Hast du viel mit ihnen gespielt?

KIRKE Ich genieße sie, Leuko. Ich genieße sie nach Vermögen. Es wurde mir nicht beschieden, einen Gott in meinem Lager zu haben, und an Menschen einzig Odysseus. Alle anderen, die ich berühre, werden zum Tier und geraten in

Raserei und suchen mich auf als Tiere. Ich nehme sie, Leuko: Ihre Raserei ist nicht besser noch schlimmer als die Liebe eines Gottes. Doch mit ihnen muß ich nicht einmal lächeln; ich fühle, wie sie mich bespringen und dann entwischen, um sich zu verkriechen. Ich komme nicht in die Lage, die Augen zu senken.

LEUKOTHEA Und Odysseus ...

KIRKE Ich frage mich nicht, wer sie sind ... Willst du wissen, wer Odysseus gewesen?

LEUKOTHEA Sag es mir, Kirke.

KIRKE Eines Abends beschrieb er mir seine Ankunft auf Aiaia, die Angst der Gefährten, die zu den Schiffen gestellten Wachen. Er sagte mir, daß sie, in Mänteln auf den Meeresstrand hingestreckt, die ganze Nacht nach dem Gebrüll und dem Knurren lauschten. Und daß sie dann nach Tagesanbruch jenseits des Waldes eine Rauchspirale aufsteigen sahen und schrien vor Freude, indem sie die Heimat und die Häuser erkannten. Diese Dinge berichtete er mir lächelnd – so wie sie lächeln, die Menschen –, während er an meiner Seite vor dem Kamin saß. Er sagte, er wolle vergessen, wer ich sei und wo er sich befinde, und an dem Abend nannte er mich Penelope.

LEUKOTHEA O Kirke, so närrisch ist er gewesen?

KIRKE Leukina, auch ich war närrisch und bat ihn zu weinen.

LEUKOTHEA Stell dir vor.

KIRKE Nein, er weinte nicht. Er wußte, daß Kirke die Tiere liebt, die nicht weinen. Er weinte später, weinte am Tag, da ich ihm von der langen noch ausstehenden Fahrt und vom Abstieg in den Avernus und vom finsteren Stampfen des Okeanos sprach. Dieses Weinen, das den Blick reinigt und Kraft gibt, das verstehe auch ich, Kirke. An jenem Abend jedoch sprach er mir – zweideutig lachend – von seiner Kindheit und vom Schicksal und frug dann nach mir. Lachend sprach er, verstehst du?

LEUKOTHEA Ich verstehe nicht.

KIRKE Lachend. Mit dem Mund und der Stimme. Aber die Augen voll von Erinnerung. Und dann hieß er mich singen. Und singend setzte ich mich an den Webstuhl, und meine rauhe Stimme machte ich zur Stimme des Hauses und der Kindheit; ich versüßte sie, ich war ihm Penelope. Er nahm den Kopf zwischen die Hände.

LEUKOTHEA Wer lachte zum Schluß?

KIRKE Niemand lachte, Leuko. Auch ich war sterblich an jenem Abend. Ich hatte einen Namen: Penelope. Das war das einzige Mal, daß ich meinem Schicksal ins Auge sah, ohne zu lächeln, und den Blick niederschlug.

LEUKOTHEA Und dieser Mann liebte einen Hund?

KIRKE Einen Hund, eine Frau, seinen Sohn und ein Schiff, um das Meer zu befahren. Und der Tage unzählbare Wiederkehr schien ihm nie Schicksal, und er lief auf den Tod zu, indem er wußte, was er war, und bereicherte die Erde mit Worten und Taten.

LEUKOTHEA O Kirke, ich habe nicht deine Augen, aber auch ich will hier lächeln. Du warst naiv. Ich hätte ihm gesagt, daß der Wolf und das Schwein dich bespringen, als wärst du ein Tier; er wäre umgefallen, zum Tier geworden auch er.

KIRKE Ich habe es ihm gesagt. Er verzog kaum den Mund. Nach einer Weile sagte er: »Wenn sie nur meine Gefährten nicht sind!«

LEUKOTHEA Eifersüchtig.

KIRKE Nicht eifersüchtig. Er hielt zu ihnen. Er verstand alles. Außer dem Lächeln von uns Göttern. An dem Tag, da er weinte auf meinem Bett, weinte er nicht aus Angst, sondern weil ihm die letzte Fahrt vom Geschick auferlegt, ihm schon bewußt war. »Und warum sie dann tun?« fragte er mich, sich den Degen umgürtend und dem Meere zuschreitend. Ich trug das schwarze Lämmchen zu ihm, und während die Gefährten weinten, beobachtete er einen Flug von Schwalben über dem Dach und sagte zu mir: »Auch sie gehen fort. Aber sie wissen nicht, was sie tun. Du, Herrin, weißt es.«

LEUKOTHEA Nichts weiter hat er zu dir gesagt?

KIRKE Nichts weiter.

LEUKOTHEA Kirke, warum hast du ihn nicht getötet?

KIRKE Ach, ich bin wahrhaftig ein Dummkopf. Manchmal vergesse ich, daß wir anderen wissen. Und dann belustige ich mich, als wär ich ein Mädchen. Als würden alle diese Dinge den Großen, den Olympiern, widerfahren, so widerfahren, unerbittlich, doch bestimmt vom Absurden, vom Jähen. Was ich je voraussehen kann, ist gerade, vorausgesehen zu haben, stets zu wissen, was ich tun, was ich sagen werde – und so wird, was ich tue und was ich sage, immer neu, überraschend, wie ein Spiel, wie jenes Schachspiel, das Odysseus mich lehrte, ganz Regel und Norm, aber so unvorhergesehen und schön mit seinen Elfenbeinfiguren. Er sagte mir immer, dieses Spiel sei das Leben. Er sagte mir, daß es ein Mittel sei, um die Zeit zu besiegen.

LEUKOTHEA Zu viele Dinge behältst du von ihm. Du hast ihn weder zum Schwein noch zum Wolf, wohl aber zur Erinnerung gemacht.

KIRKE Sie allein, Leuko, ist unsterblich im sterblichen Menschen. Die Erinnerung, die er bringt, und die Erinnerung, die er zurückläßt. Namen und Worte. Vor der Erinnerung lächeln auch sie, resigniert.

LEUKOTHEA Kirke, auch du redest Worte.

KIRKE Ich kenne mein Schicksal, Leuko. Hab keine Angst.

Alle wissen, daß Theseus nach der Heimkehr aus Kreta so tat, als ob er auf dem Mast die schwarzen Segel zum Zeichen der Trauer vergäße, und so stürzte sich sein Vater, da er ihn tot wähnte, ins Meer und überließ ihm das Reich. Das ist sehr griechisch, genauso griechisch wie der Abscheu vor jedem mystischen Kult von Ungeheuern.

Der Stier

(Es sprechen ein Leleger und Theseus)

LELEGER Jener Hügel ist die Heimat, Gebieter.

THESEUS Es gibt kein Land hinter dem Meer, das, wird es im Dämmerzwielicht betrachtet, nicht wie der alte Hügel aussieht.

LELEGER Da wir die Sonne hinter den Ida hinabsinken sahen, hoben auch wir einst die Gläser zum Trinkspruch.

THESEUS Schön ist es, heimzukehren, und schön, zu gehen, Leleger. Trinken wir noch. Trinken wir auf das Vergangene. Schön ist jedes verlassene und wiedergefundene Ding.

LELEGER Solange wir auf der Insel waren, sprachst du nicht von der Heimat. Du dachtest nicht an viele zurückgelassene Dinge. Auch du lebtest in den Tag hinein. Und ich sah dich jene Erde verlassen, so wie du die Häuser verließest, ohne dich umzuschauen. Denkst du an die Vergangenheit zurück heute abend?

THESEUS Wir sind lebendig, Leleger, sind vor diesem Wein, auf dem heimischen Meer. An vieles denkt man während eines solchen Abends zurück, auch wenn morgen der Wein und das Meer nicht mehr genügen, uns Frieden zu spenden.

LELEGER Was fürchtest du? Fast würde man sagen, du glaubst nicht an deine Heimkehr. Warum gibst du nicht Befehl, die finsteren Segel zu streichen und das Schiff mit Weiß zu bekleiden? Du hast es deinem Vater versprochen.

THESEUS Wir haben Zeit, Leleger. Auch morgen noch Zeit. Es macht mir Spaß, die gleichen Tücher über dem Haupt schnalzen zu hören wie damals, als wir den Gefahren zueilten und keiner von euch anderen wußte, ob wir zurückkehren würden.

LELEGER Wußtest du es, Theseus?

THESEUS Beinah ... Mein Beil trifft nicht fehl.

LELEGER Warum sprichst du zögernd?

THESEUS Ich spreche nicht zögernd. Ich denke an die Leute, die ich nicht kannte, an den großen Berg und an das, was wir auf der Insel waren. Ich denke an die letzten Tage im Königspalast, jenem ganz aus Plätzen errichteten Haus, und die Soldaten nannten mich den Stierkönig, erinnerst du dich? Das, was man tötet, wird man auf der Insel. Ich begann sie zu verstehen. Dann sagten sie uns, daß sich in den Wäldern des Ida die Grotten der Götter befänden, wo die Götter geboren wurden und starben. Verstehst du, Leleger? Auf jener Insel werden die Götter wie die Tiere getötet. Und wer sie tötet, wird Gott. Wir versuchten dann, auf den Ida zu steigen ...

LELEGER Man hat Mut fern der Heimat.

THESEUS Und sie sagten uns unglaubliche Dinge. Ihre Frauen, jene großen und blonden Frauen, die den Morgen ausgestreckt in der Sonne auf den Terrassen des Königspalastes verbringen, steigen nachts auf die Wiesen des Ida und umarmen die Bäume und Tiere. Sie blieben dort, ab und zu.

LELEGER Nur die Frauen haben Mut auf der Insel. Du weißt es, Theseus.

THESEUS Es gibt ein Ding, das ich weiß: Ich ziehe die Frauen an den Webstühlen vor.

LELEGER Doch auf der Insel haben sie keine Webstühle. Es wird alles auf dem Meer eingekauft. Was sollen da die Frauen nur tun?

THESEUS Nicht an die Götter denken, während sie sich an der Sonne reif werden lassen. Nicht im Meer und in den Baumstämmen das Göttliche suchen. Nicht den Stieren nachlaufen. Zuerst habe ich geglaubt, daß die Väter schuld seien, jene geistreichen Händler, die sich wie die Frauen anziehen und es lieben, nach den Knaben zu schauen, die auf den Stieren Kunststücke machen. Doch das ist es nicht, ist nicht alles. Es ist ein anderes Blut. Es gab eine Zeit, da der Ida nur Göttinnen kannte. Nur eine Göttin. Sie war die Sonne, sie war die Baumstämme, sie war das Meer. Und vor der Göttin haben sich die Götter und die Menschen erdrückt. Wenn eine Frau den Mann flieht und sich in der Sonne und im Tier findet, ist nicht der Mann daran schuld. Es ist das verdorbene Blut, es ist das Chaos.

LELEGER Nur du kannst das sagen. Sprichst du von der Fremden?

THESEUS Auch von ihr.

LELEGER Du bist Gebieter, und was du tust, scheint uns richtig. Uns aber erschien sie fügsam und unterwürfig.

THESEUS Zu fügsam, Leleger. Fügsam wie das Gras oder wie das Meer. Du schaust sie an und begreifst, daß sie nachgibt und dich nicht einmal spürt. Wie die Wiesen des Ida, in die man mit der Hand auf dem Beil eindringt, wo aber der Augenblick kommt, da dich die Stille erstickt und du einhalten mußt. Es war ein Außer-Atem-Sein wie vom Wild, das sich ins Versteck duckt. Auch die Sonne schien im Hinterhalt, auch die Luft. Mit der großen Göttin wird nicht gekämpft. Man kämpft nicht mit der Erde, mit ihrer Stille.

LELEGER Ich weiß diese Dinge wie du. Aber die Fremde hat dich aus dem Graben befreit. Die Fremde hat die Häuser verlassen. Das tut man nicht zwischen verdorbenem und lebendigem Blut. Die Fremde hatte, indem sie dir folgte, ihre Götter verlassen.

THESEUS Doch die Götter haben sie nicht verlassen.

LELEGER Du sagtest doch, daß sie ihnen auf dem Ida die Kehle durchschneiden.

THESEUS Und der Töter ist neuer Gott. O Leleger, man kann in den Grotten Göttern und Stieren die Kehle durchschneiden, jenes Göttliche aber, das du im Blut hast, wird nicht getötet. Auch Ariadne war Blut von der Insel. Ich kannte sie wie den Stier.

LELEGER Du warst grausam, Theseus. Was mag sie gesagt haben, die Unglückliche, als sie erwachte?

THESEUS Oh, ich weiß es. Vielleicht hat sie geheult. Aber das besagt nichts. Rief die Heimat an, ihre Häuser und ihre Götter. Die Erde und die Sonne fehlen ihr nicht. Wir Fremden sind nichts mehr für sie.

LELEGER Sie war schön, Herr, sie war aus Erde und Sonne gemacht.

THESEUS Wir hingegen sind nichts als Männer. Ich weiß, daß ein Gott, irgendein süßer und doppelsinniger und trauriger Gott, einer von jenen, die den Tod schon geschmeckt haben und die die große Göttin im Schoß trägt, ihr gesandt wird, um sie zu trösten. Wird er ein Baumstamm, ein Pferd sein, ein Widder? Wird er ein See oder eine Wolke sein? Alles ist möglich auf ihrem Meer.

LELEGER Ich weiß nicht, manchmal sprichst du, als wärst du ein Knabe, der spielt. Du bist der Herr, und wir hören auf dich. Andere Male bist du alt und grausam. Man würde sagen, die Insel hat dir etwas von sich überlassen.

THESEUS Auch das ist möglich. Das, was man tötet, das wird man, Leleger. Du denkst nicht daran, aber wir kommen von weither.

LELEGER Nicht einmal der Wein der Heimat erwärmt dich?

THESEUS Wir haben die Heimat noch nicht erreicht.

Die traurigen Ereignisse, die das Haus der Atriden ins Leid gestürzt haben, sind uns bekannt. Es mag hier genügen, ein paar Erbfolgen ins Gedächtnis zu rufen. Von Tantalos wurde Pelops geboren; von Pelops Thyestes und Atreus; von Atreus Menelaos und Agamemnon; von diesem letzten Orestes, der die Mutter umbrachte. Daß die arkadische und dem Meer verbundene Artemis in dieser Familie einen besonderen Kult genoß (man denke an das vom Vater versuchte Opfer der atridischen Iphigenie), davon ist, der hier schreibt, überzeugt, und nicht erst seit gestern.

Im Familienkreis

(Es sprechen Kastor und Polydeukes)

KASTOR Entsinnst du dich, Pollux, wie wir sie raubten aus den Händen von Theseus?

POLYDEUKES Es lohnte die Mühe . . .

KASTOR Damals war sie ein Kind, und ich erinnere mich, daß ich, als wir durch die Nacht liefen, an den Schrecken dachte, den sie verspüren mußte in jenem Wald, auf Theseus' Pferd, verfolgt von uns . . . Wir waren naiv.

POLYDEUKES Jetzt hat sie sich in Sicherheit gebracht.

KASTOR Jetzt hat sie die Kraft der Phrygier und der Dardaniden. Hat zwischen sich und uns das Meer gelegt.

POLYDEUKES Wir werden auch das Meer überqueren.

KASTOR Ich habe genug davon, Polydeukes. Es ist nicht mehr an uns. Nun ist es Sache der Atriden.

POLYDEUKES Wir werden das Meer überqueren.

KASTOR Überzeuge dich, Pollux. Es lohnt sich nicht. Sei nicht einfältig. Laß die Atriden gewähren – was kommt, ist ihre Sorge.

POLYDEUKES Aber es ist unsere Schwester.

KASTOR Wir mußten es wissen, daß sie in Sparta nicht bleiben würde. Sie ist nicht die Frau, um in der Tiefe eines Königspalastes zu leben.

POLYDEUKES Was will sie anderes, Kastor?

KASTOR Sie will gar nichts. Das ist es gerade. Sie ist das Kind, das sie damals war. Sie ist unfähig, einen Gatten oder ein Haus ernst zu nehmen. Aber es nützt nichts, ihr nachzulaufen. Du wirst sehen, eines Tages kehrt sie mit uns zurück.

POLYDEUKES Wer weiß, was die Atriden jetzt aus Blutrache tun. Sie sind kein Geschlecht, das eine Schmähung ertrüge. Ihre Ehre gilt wie die der Götter.

KASTOR Laß die Götter aus dem Spiel. Es ist eine Familie, in der man sich früher gegenseitig aufaß. Es begann mit Tantalos, der den Sohn aufgetischt hat . . .

POLYDEUKES Sind sie denn wahr, jene Geschichten, die man erzählt?

KASTOR Sie passen zu ihnen. Eine Sippe, die in den Burgen von Mykene und Sparta haust und sich eine Goldmaske aufsetzt, die Gebieterin des Meeres ist und es nur durch die Löcher der Schießscharten sieht, ist zu allem imstande. Hast du dich je gefragt, Polydeukes, warum ihre Frauen – auch unsere Schwester – nach kurzem verwildern und rasen, Blut vergießen und vergießen machen? Die besten halten nicht durch. Es gibt keinen einzigen Pelopiden – nicht einen –, dem die Gemahlin die Augen schloß. Wenn das eine Götterehre sein soll . . .

POLYDEUKES Unser anderes Schwesterchen, Klytaimnestra, hält stand.

KASTOR Warten wir das Ende erst ab, bevor wir »Hoch!« auf sie rufen.

POLYDEUKES Wenn du all dies gewußt hast, wie konntest du dann dieser Heirat zustimmen?

KASTOR Ich habe nicht zugestimmt. Diese Dinge geschehen. Jeder findet die Gattin, die er verdient.

POLYDEUKES Was soll das heißen? Daß die Frauen zu ihnen passen? Unsere Schwester schuld daran sei?

KASTOR Hör auf, Polydeukes. Uns hört niemand zu. Es ist klar, daß die Atriden und ihre Väter immer die gleiche Frau geheiratet haben. Vielleicht wissen wir, ihre Brüder, noch nicht genau, wer Helena ist. Theseus war nötig, um uns eine Probe zu liefern. Nach ihm der Atride. Jetzt der phrygische Paris. Ich frage: Ist es möglich, daß alles zufällig sei? Muß sie immer an derartige Männer geraten? Offensichtlich ist sie für diese geschaffen, wie diese für sie.

POLYDEUKES Bist du verrückt?

KASTOR Nichts ist dabei verrückt. Wenn die Pelopiden die Köpfe verloren – und einige auch den Hals –, so ist das ihre Sache. Sie sind eine Sippe von Meerkönigen, die das Haus nicht verlassen und es lieben, von Anhöhen aus zu befehlen. Vielleicht haben sie die Welt einst gesehen. Tantalos, der erste, gewiß. Aber dann lebten sie verschanzt mit den Frauen und Haufen von Gold, unzufrieden und mißtrauisch, einer tauglichen Regung nicht fähig, vom Meer auf einer dürftigen Erde ernährt, als Festschmauser, fett. Wundert es dich, daß sie etwas beinah Wildes, Kraftvolles suchten, um es mit sich auf dem Berg einzuschließen? Sie haben es immer gefunden.

POLYDEUKES Ich verstehe nicht, was das mit unserer Schwester zu tun hat, noch weshalb du sagst, daß sie wie geschaffen war für Paris und Theseus.

KASTOR Ob für sie oder andere, Pollux, ist nicht von Belang. Es ist das Schicksal der Atriden, worüber wir sprechen. Weder die vorzeitliche Hippodameia noch die Schwiegertöchter sind schuld, wenn sie sich alle zusammen wie ein Stutenschwarm gleichen. Man würde sagen, daß durch die Zeiten in jener Familie derselbe Mann immer dasselbe Geschöpf wieder gesucht hat. Und er hat es gefunden. Von der Hippodameia des Oinomaos bis zu unseren Schwestern waren sie alle zusammen gezwungen, zu kämpfen und sich zu verteidigen. Es ist klar, daß das den Pelopiden gefällt. Sie werden es nicht wissen, aber sie finden Gefallen daran. Sie sind ein Geschlecht von List und Blut, fette Tyrannen. Sie brauchen eine Frau, die sie peitscht.

POLYDEUKES Immer sagst du Hippodameia, Hippodameia. Ich weiß, daß Hippodameia die Pferde antrieb. Doch mit unseren Schwestern hat das nichts zu tun. Helenas Hand ist eine Kinderhand, die nie die Peitsche gedrückt hat. Wie kann sie ihnen nur gleichen?

KASTOR Über die Frauen, Polydeukes, wissen wir nicht groß Bescheid. Wir sind aufgewachsen mit ihr. Sie scheint uns noch immer das Kind, das Ball gespielt hat. Doch um sich wild und rasend zu fühlen, braucht man kein Pferd anzutreiben. Es genügt, einem Menelaos, einem König des Meeres, zu gefallen.

POLYDEUKES Was hat dann Hippodameia Entsetzliches getan?

KASTOR Sie behandelte die Männer wie die Pferde. Sie überredete den Wagenlenker, ihr den Vater zu töten. Sie ließ den Wagenlenker töten durch Pelops. Sie brachte die Mörder-Brüder zur Welt. Gab einem Sturzbach von Blut freie Bahn. Floh nicht aus den Häusern, das wohl.

POLYDEUKES Doch sagtest du nicht, daß es Pelops' Schuld war?

KASTOR Ich sagte, daß Pelops und den Seinen ähnliche Frauen gefielen. Daß jene wie geschaffen waren für sie.

POLYDEUKES Helena tötet nicht und läßt nicht töten.

KASTOR Bist du sicher, Bruder? Erinnere dich, wie wir sie Theseus wieder entrissen – drei Pferde, die im Wald herumstürmten. Wenn wir nicht getötet haben, so nur, weil wir als Knaben fast zu spielen vermeinten. Und nun fragst du dich selber, wieviel Blut wohl die Atriden vergießen.

POLYDEUKES Aber sie hetzt niemanden auf ...

KASTOR Und glaubst du, daß Hippodameia den Wagenlenker aufhetzte? Sie lächelte zu ihrem Diener und sagte ihm, der Vater begehre sie für sich selbst. Und sagte ihm nicht einmal, daß ihr das mißfiele ... Ein Blick genügt, um zu töten. Als sich Myrtilos dann überlistet sah von Tantalos' Sohn und aufschreien wollte, genügte es, daß Hippodameia zum Gatten sagte: »Er weiß alles von Oinomaos.

Gibt darauf acht.« Die Pelopiden genießen ähnliche Worte.

POLYDEUKES Alle Frauen töten also?

KASTOR Nicht alle. Es gibt welche, die beugen das Haupt, und das Leben macht unterwürfig. Doch die Burg entfesselt auch diese. Die Pelopiden töten und werden getötet. Sie haben es nötig, zu peitschen oder gepeitscht zu werden.

POLYDEUKES Unsere Schwester nimmt mit Flüchten vorlieb.

KASTOR Du glaubst das, Bruder? Denke an Aërope, die Gattin des Atreus ...

POLYDEUKES Aber Aërope wurde im Meer getötet.

KASTOR Nicht ohne den Liebhaber vorher zum Raub der Schätze angestachelt zu haben. Hier hast du eine Frau, die die Burg irrsinnig machte. Eine Frau, die das Leben in ruhiger Wollust hätte verbringen und selber fett werden können mit dem Geliebten. Doch der Geliebte war Thyestes, und der Gatte war Atreus. Sie hatten sie sich gewählt. Sie erlaubten ihr nicht, sich zu retten. Auch sie wurde von ihnen entfesselt. Die Pelopiden dürsten nach Raserei.

POLYDEUKES Willst du sagen, daß sie unsere Schwester als Ehebrecherin umbringen werden? Daß auch sie wollüstig ist?

KASTOR Wäre sie es, Polydeukes, wär sie es! Aber wollüstig ist nicht jeder, der will. Nicht, wer sich einem Atriden vermählt. Verstehst du nicht, Bruder, daß jene ihre Wollust in die wilde Umarmung, in die Ohrfeige und in das Blut gelegt haben? Mit einer Frau, die fügsam und feig ist, wissen sie nichts anzufangen. Sie müssen kalten und mörderischen Augen begegnen, Augen, die sich nicht senken. Gleich den Schießschartenlöchern. Wie sie Hippodameia besaß.

POLYDEUKES Unsere Schwester hat diesen Blick ...

KASTOR Sie brauchen die grausame Jungfrau. Jene, die auf

den Bergen umherzieht. Jede Frau, die sie heiraten, ist das für sie. Sie tischten ihnen die Söhne zum Mahl auf, schlachteten ihnen Töchter . . .

POLYDEUKES Das sind vergangene Dinge.

KASTOR Sie werden sie abermals tun, Polydeukes.

Der von Hierodulen verwaltete Tempel auf dem Akrokorinthos wird uns auch von Pindar ins Gedächtnis gerufen. Daß die jungen Töter von Ungeheuern – einschließlich Theseus von Athen – alle Unheil durch Frauen erfuhren, wäre anzunehmen, ginge es auch aus der Überlieferung nicht einhellig hervor. Von einer der grausamsten, von Medeia – einer Zauberin, einer Eifersüchtigen und Kindsmörderin – spricht uns langhin und glühend Euripides in einer geliebten Tragödie.

Die Argonauten

(Es sprechen Jason und Melita)

JASON Ziehe den Vorhang nur ganz zur Seite, Melita; ich spüre die Brise, die ihn aufbläht. An einem Morgen wie diesem will auch Jason den Himmel anschauen. Sage mir, wie ist das Meer; sage mir, was sich auf dem Wasser des Hafens abspielt.

MELITA O König Jason, wie ist es schön von hier oben! Die Bänke sind ganz voller Leute: Ein Schiff entfernt sich inmitten der Barken. Es ist so klar heute, daß es sich kopfüber spiegelt. Sähst du die Fahnen und Kronen; wie viele Leute! Sie sind sogar auf die Statuen geklettert. Ich habe die Sonne in den Augen.

JASON Auch deine Gefährtinnen werden gekommen sein, um sie zu grüßen. Siehst du sie, Melita?

MELITA Ich weiß nicht, sehe so viele. Und die Matrosen, die dort winken, winzig im Takelwerk hängend.

JASON Grüße sie, Melita, es muß das Schiff sein von Kypros. Sie werden an deinen Inseln anlegen. Und mit dem Ruhm von Korinth und seinem Tempel auch von dir sprechen.

MELITA Was sollen sie nur sagen von mir, Herr? Wer nur soll sich auf den Inseln meiner erinnern?

JASON Die Jungen haben immer jemanden, der an sie denkt. Man entsinnt sich gern derer, die jung sind. Und die Götter, sind sie nicht jung? Darum denken wir alle an sie und sind neidisch auf sie.

MELITA Wir bedienen sie, König Jason. Und auch ich bediene die Göttin.

JASON Es wird sogar einen geben, Melita, einen Gast, einen Matrosen, der zum Tempel hinaufsteigt, um bei dir und nicht bei andern zu schlafen. Jemand, der etwas von sich selbst nur dir zurückläßt. Ich bin alt, Melita, und kann nicht dort hinaufsteigen; einst aber, in Jolkos – du warst noch nicht auf der Welt –, hätte ich anderes erklommen als einen Berg, um mich bei dir zu befinden.

MELITA Du befiehlst, und wir andern gehorchen ... Oh, das Schiff öffnet die Segel. Es ist völlig weiß. Komm es anschauen, König Jason.

JASON Bleibe du am Fenster, Melita. Ich betrachte dich, während du das Schiff dort betrachtest. Es ist, als ob ich euch miteinander den Wind fangen sähe. Ich würde zittern im Morgen. Ich bin alt. Ich sähe zu vieles, wenn ich dort hinabschaute.

MELITA Das Schiff neigt sich schräg in der Sonne. Wie es jetzt fliegt! Es scheint eine Taube.

JASON Und fährt nur bis Kypros. Von Korinth, von den Inseln aus lichten jetzt Schiffe die Anker und durchfurchen die Meere. Es gab eine Zeit, da war dieses Meer ganz verlassen. Wir haben es als erste entweiht. Du warst noch nicht auf der Welt. Wie scheint das lang her!

MELITA Kann man denn glauben, Herr, daß niemand es zu durchqueren gewagt hat?

JASON Es gibt eine Art Jungfräulichkeit der Dinge, Melita, die mehr Furcht einflößt als das Wagnis. Denk an das Grauen der Berggipfel, denk an das Echo.

MELITA Ich steige nie auf die Berge. Aber ich glaube nicht daran, daß das Meer jemandem angst macht.

JASON Uns nicht. Wir fuhren ab aus Jolkos an einem Morgen wie diesem, und alle waren wir jung und hatten die Götter mit uns. Schön war es, zu fahren, ohne an ein Morgen zu denken. Dann begannen die Wunder. Es war eine jüngere Welt, Melita; die Tage wie klarhelle Morgen, die Nächte von tiefdunkler Dichte – wo alles geschehen konnte. Die Wunder waren Quellen, waren Ungeheuer, waren

Menschen oder Felsen. Es verschwanden welche von uns, einer starb auch. Jede Landung war etwas Trauriges. Jeden Morgen war das Meer schöner, jungfräulicher. Der Tag ging in Erwartung vorbei. Dann kamen Regen, kamen Nebel und schwarzer Schaum.

MELITA Diese Dinge, die weiß man.

JASON Nicht das Meer war das Wagnis. Wir hatten von Landung zu Landung begriffen, daß jene langen Fahrten uns wachsen ließen. Wir waren stärker geworden und von allem gelöst – wir waren wie Götter, Melita –, doch gerade das verlockte uns, tödliche Dinge zu tun. Wir gingen am Phasis von Bord, auf Wiesen von Herbstzeitlosen. Ah, ich war jung, damals, und sah dem Schicksal ins Auge.

MELITA Wenn man von euch anderen spricht, im Innern des Tempels, dämpft man die Stimme.

JASON Manchmal lacht man, ich weiß es, Melita. Korinth ist eine fröhliche Stadt. Und man sagt, ich weiß es: »Wann mag jener Alte nur aufhören, von seinen Göttern zu plaudern? Inzwischen sind sie gestorben, wie die andern.« Und Korinth möchte leben.

MELITA Bei uns spricht man von der Zauberin, König Jason, von jener Frau, die einige kannten. Oh, sag mir, wie sie war.

JASON Eine Zauberin kennen alle, Melita, außer in Korinth, wo der Tempel einen lehrt, wie man lacht. Wir andern alle, Greise wie Tote, kannten eine Zauberin.

MELITA Aber die deinige, König Jason?

JASON Wir entweihten das Meer, töteten Ungeheuer, setzten den Fuß auf die Wiese der Herbstzeitlose – eine Goldwolke schillerte im Wald –, und doch erlag ein jeder von uns einer Zauberkunst, der Behexung oder der Leidenschaft einer Zauberin. Der Kopf von einem der Unsrigen endete zerfetzt und verstümmelt in einem Fluß. Und einer ist nunmehr alt – und spricht mit dir –, der seine Kinder von der rasenden Mutter geopfert sah.

MELITA Man sagt, sie sei nicht tot, Herr, ihre Zaubereien hätten den Tod überwunden.

JASON Es ist ihr Schicksal, und ich beneide sie nicht. Sie atmete den Tod und streute ihn aus. Vielleicht ist sie zurückgekehrt in ihre Heimat.

MELITA Wie aber konnte sie bloß an ihre Kinder rühren? Sie muß viel geweint haben . . .

JASON Ich habe sie nie weinen sehen, Medeia weinte nicht. Und sie lächelte nur an dem Tag, da sie sagte, daß sie mir nachfolgen würde.

MELITA Und doch ist sie dir gefolgt, König Jason, hat die Heimat und die Häuser verlassen und das Schicksal auf sich genommen. Du warst grausam wie ein Jüngling, du auch.

JASON Ich war ein Jüngling, Melita. Und zu jener Zeit lachte niemand über mich. Aber noch wußte ich nicht, daß die Eure, jene vom Tempel, die Weisheit ist, und verlangte von der Göttin die unmöglichen Dinge. Und was war unmöglich für uns, die Vernichter des Drachen, Herren der goldenen Wolke? Man tut das Schlechte, um groß, um göttlich zu sein.

MELITA Und warum ist euer Opfer stets eine Frau?

JASON Kleine Melita, du bist vom Tempel. Wißt ihr nicht, daß der Mann in den Tempel – den euren – emporsteigt, um einen Tag, wenigstens eine Stunde lang Gott zu sein, um bei euch zu schlafen, als wärt ihr die Göttin? Immer beansprucht der Mann, bei ihr zu schlafen – dann merkt er, daß er es zu tun hatte mit sterblichem Fleisch, mit dem armen Weib, das ihr seid und das alle sind. Und dann wird er rasend – sucht Gott zu werden auf andere Art.

MELITA Und doch gibt es welche, die vorliebnehmen, Herr.

JASON Ja, wer vorzeitig alt ist oder zu euch emporsteigt. Aber nicht, bevor er alles versucht hat. Und nicht, wer andere Tage gesehen hat. Hast du reden hören vom Sohne des Aigeus, der in den Hades hinabstieg, um Persephone zu entführen – der König Athens, der ins Meer geworfen wurde und starb?

MELITA Davon sprechen die von Phaleron. Auch er war Seefahrer wie du.

JASON Kleine Melita, er war fast ein Gott. Und seine Frau fand er jenseits des Meeres, eine Frau, die – wie die Zauberin – ihm beim tödlichen Unterfangen beistand. Er verließ sie auf einer Insel eines Morgens. Dann gewann er andere Unternehmen und andere Himmel und hatte Antiope, die mondhafte, eine unzähmbare Amazone. Und dann Phaidra, die Helle des Tages, und auch die tötete sich. Und dann Helena, die Tochter der Leda. Und andere mehr. Bis er versuchte, Persephone aus dem Schlund des Hades zu erobern. Eine nur, die aus Korinth floh, wollte er nicht – die Kindsmörderin –, die Zauberin, du weißt es.

MELITA Aber du, Herr, du denkst noch an sie. Du bist gütiger als jener König. Du hast seitdem niemanden mehr zum Weinen gebracht.

JASON Ich habe gelernt in Korinth, kein Gott zu sein. Und kenne dich, Melita.

MELITA O Jason, was bin ich bloß?

JASON Eine kleine Meerfrau, die vom Tempel herabsteigt, wenn der Alte sie ruft. Und auch du bist die Göttin.

MELITA Ich diene ihr.

JASON Die Insel im Westen, die deinen Namen trägt, ist ein großes Heiligtum der Göttin. Weißt du es?

MELITA Es ist ein unscheinbarer Name, Herr, den sie mir scherzhaft gegeben. Manchmal denke ich an jene schönen

Namen der Zauberinnen, der unglücklichen Frauen, die geweint haben um euch ...

JASON Megaira, Jole, Auge, Hippolyta, Omphale, Deïaneira ... Weißt du, wen sie weinen machten?

MELITA Oh, aber der war ein Gott. Und jetzt lebt er unter den Göttern.

JASON So sagt man. Armer Herakles! Auch er war mit uns. Ich beneide ihn nicht.

Ariadne, die Theseus nach dem Abenteuer des Labyrinthes verließ, wurde von dem aus Indien zurückgekehrten Dionysos auf der Insel Naxos zu sich genommen und endete im Himmel unter den Sternbildern.

Der Weinberg

(Es sprechen Leukothea und Ariadne)

LEUKOTHEA Wirst du noch lange weinen, Ariadne?

ARIADNE Oh, von wo kommst denn du?

LEUKOTHEA Auch vom Meer herauf. Bist du also fertig mit Weinen?

ARIADNE Ich bin nicht mehr allein.

LEUKOTHEA Ich glaubte, ihr sterblichen Frauen würdet nur weinen, wenn euch jemand zuhört.

ARIADNE Für eine Nymphe bist du boshaft.

LEUKOTHEA So ist auch er also davon? Warum, glaubst du, hat er dich verlassen?

ARIADNE Du hast mir nicht gesagt, wer du bist.

LEUKOTHEA Eine Frau, die das getan hat, was du nicht getan hast. Ich habe versucht, mich zu töten im Meer. Sie nannten mich Ino. Eine Göttin hat mich gerettet. Jetzt bin ich die Nymphe der Insel.

ARIADNE Was willst du von mir?

LEUKOTHEA Wenn du so mit mir sprichst, weißt du es bereits. Ich komme, dir zu sagen, daß dein teurer Knabe mit den schönen Worten und dem violetten Gelock für immer davonging. Er ließ dich im Stich. Das schwarze Segel, das verschwunden ist, bleibt die letzte Erinnerung, die er dir läßt. Laufe, schreie, sträube dich: Es ist geschehen.

ARIADNE Ließ man auch dich im Stich, da du dich zu töten versucht hast?

LEUKOTHEA Es dreht sich nicht um mich. Aber du verdienst nicht, daß ich mich mit dir unterhalte. Du bist dumm und starrköpfig.

ARIADNE Höre, Nymphe des Meeres, warum du mit mir reden mußt, wüßte ich nicht. Was du sagst, ist wenig oder zuviel. Wenn ich mich töten wollte, vermöchte ich es allein.

LEUKOTHEA Glaube mir, Närrchen, dein Kummer ist nichts.

ARIADNE Und warum kommst du, es mir zu sagen?

LEUKOTHEA Weshalb, glaubst du, hat er dich verlassen?

ARIADNE O Nymphe, höre damit auf . . .

LEUKOTHEA Sieh an, du weinst. So ist es wenigstens leichter. Sprich nicht, es nützt nichts. So machen sich Dummheit und Hochmütigkeit aus dem Staub. So erscheint nun dein Schmerz als das, was er ist. Doch solange das Herz dir nicht bricht, solange du nicht bellst wie eine Hündin und dich auslöschen möchtest im Meer wie ein Brandscheit, kannst du nicht sagen, du kennst den Schmerz.

ARIADNE Es ist mir schon gebrochen . . . das Herz . . .

LEUKOTHEA Weine nur, sprich nicht . . . Du weißt nichts. Etwas anderes wartet auf dich.

ARIADNE Wie heißt du nun, Nymphe?

LEUKOTHEA Leukothea. Verstehst du mich, Ariadne? Das schwarze Segel ist für immer davon. Diese Geschichte ist aus.

ARIADNE Sie ist mein Leben, das endet.

LEUKOTHEA Etwas anderes wartet auf dich. Du bist töricht. Ehrtest du keinen Gott in deinem Lande?

ARIADNE Welcher Gott kann mir das Schiff zurückgeben?

LEUKOTHEA Ich frage dich, welchen Gott du gekannt hast.

ARIADNE Es gibt einen Berg in der Heimat, der auch denen des Schiffes Schrecken einjagte. Auf ihm sind große Götter geboren. Wir beten sie an. Ich rief sie schon allesamt auf, doch keiner hilft mir. Was werde ich tun? Sag mir.

LEUKOTHEA Was erwartest du von den Göttern?

ARIADNE Ich erwarte nichts mehr.

LEUKOTHEA So höre denn zu. Du hast jemanden bewegt.

ARIADNE Was willst du sagen?

LEUKOTHEA So wahr ich mit dir spreche, hast du jemanden bewegt.

ARIADNE Du bist nur eine Nymphe.

LEUKOTHEA Es kann geschehen, daß eine Nymphe einen großen Gott ankündigt.

ARIADNE Wen, Leukothea, wen denn?

LEUKOTHEA Denkst du an den Gott oder den schönen Knaben?

ARIADNE Ich weiß nicht. Wie sagst du? Ich werfe mich den Göttern zu Füßen.

LEUKOTHEA Also hast du verstanden. Es ist ein neuer Gott. Er ist der jüngste von allen Göttern. Er hat dich gesehen, und du gefällst ihm. Dionysos wird er genannt.

ARIADNE Ich kenne ihn nicht.

LEUKOTHEA Er ist in Theben geboren und zieht durch die Welt. Er ist ein Freudengott. Alle folgen ihm nach und jubeln ihm zu.

ARIADNE Ist er mächtig?

LEUKOTHEA Er tötet lachend. Stiere und Tiger begleiten ihn. Sein Leben ist ein Fest, und du gefällst ihm.

ARIADNE Aber wie hat er mich gesehen?

LEUKOTHEA Wer kann es sagen? Bist du je in einem Weinberg gewesen, an den das Meer säumenden Flanken der Hügel, in der saumseligen Stunde, wo die Erde ihren Duft ausströmt? Einen rauhen und zähen Duft zwischen Feige und Pinie? Wenn die Traube reift und die Luft schwer ist von Most? Oder hast du je einen Granatbaum, seine Frucht und Blüte betrachtet? Da herrscht Dionysos, auch in der Kühle vom Efeu, in den Pinienhainen und auf den Tennen.

ARIADNE Gibt es keinen Ort, der so einsam ist, daß uns die Götter nicht sehen?

LEUKOTHEA Meine Liebe, die Götter sind doch der Ort,

sind die Einsamkeit, sind die Zeit, die vorbeigeht. Dionysos kommt, und dir wird es scheinen, als raube dich ein mächtiger Windstoß, ähnlich jenem Wirbelsturm, der über die Tennen und durch die Weinberge hinbraust.

ARIADNE Wann wird er kommen?

LEUKOTHEA Teure, ich künde ihn an. Darum ist das Schiff auch entflohen.

ARIADNE Und wer hat dir dies gesagt?

LEUKOTHEA Ich bin aus Theben, Ariadne. Ich bin die Schwester seiner Mutter.

ARIADNE In meiner Heimat erzählt man, auf dem Ida würden Götter geboren. Kein Sterblicher hat jemals die letzten Wälder überstiegen. Wir fürchten auch den Schatten, der vom Berg herabfällt. Wie kann ich das annehmen, was du sagst?

LEUKOTHEA Du hast vieles gewagt, Kleine. War für dich nicht auch der im violetten Gelock wie ein Gott?

ARIADNE Ich habe ihm das Leben gerettet, diesem Gott. Was habe ich davon gehabt?

LEUKOTHEA Vieles. Du hast gebebt und gelitten, hast zu sterben gedacht. Du hast erfahren, was ein neues Aufleben ist. Jetzt bist du allein und wartest auf einen Gott.

ARIADNE Und er, wie ist er? Sehr grausam?

LEUKOTHEA Alle Götter sind grausam. Was soll das heißen? Alles göttliche Wesen ist grausam. Es zerstört das hinfällige Geschöpf, das ihm widersteht. Um stärker zu erwachen, mußt du dich dem Schlummer ergeben. Kein Gott kann etwas betrauern.

ARIADNE Der thebanische Gott . . . der deinige da . . . hast du gesagt, er töte lachend?

LEUKOTHEA Wer ihm widersteht. Wer ihm widersteht, wird vernichtet. Doch ist er nicht erbarmungsloser als alle andern. Lächeln ist wie Atmen für ihn.

ARIADNE Er ist nicht verschieden von einem Sterblichen.

LEUKOTHEA Auch das ist ein Wiederaufleben, Mädchen. Es wird sein, als liebtest du einen Ort, einen Wasserlauf, eine Stunde des Tages. Kein Mensch wiegt das auf. Die Götter dauern so lang wie die Dinge, die sie bestimmen. Solange die Ziegen zwischen den Pinien und Weinbergen hüpfen, wird er dir gefallen und wirst du ihm gefallen.

ARIADNE Ich werde sterben wie alle Ziegen.

LEUKOTHEA Auf den Weinbergen, des Nachts, gibt es auch Sterne. Es ist ein Nachtgott, der auf dich wartet. Fürchte dich nicht.

Von Kratos und Bia – der Macht und der Gewalt – sagt Hesiod, daß »das Haus nicht weit entfernt ist von Zeus«; dies zum Preis für die Hilfe, die sie ihm im Kampf gegen die Titanen erwiesen. Alle wissen von Zeus' Flucht und seinen vielen Erlebnissen.

Die Menschen

(Es sprechen Kratos und Bia)

KRATOS Er ist fortgegangen und wandert unter den Menschen. Er schlägt die Straße der Täler ein und rastet zwischen den Weinbergen oder am Ufer des Meeres. Manchmal drängt er sich vor bis zu den Toren einer Stadt. Niemand würde vermuten, daß er Vater und Herrscher ist. Ich frage mich zuweilen, was er will, was er sucht. Nachdem man so gekämpft hat, um ihm die Welt – die Gelände, die Gipfel und Wolken – in die Hände zu geben. Er könnte da oben ungestört sitzen. Aber nichts davon, nein. Er wandert.

BIA Was ist da befremdlich? Wer Herr ist, tobt sich aus.

KRATOS Weit weg vom Berg und von uns, verstehst du? Und als Herrscher ist er uns andern, seinen Dienern, verpflichtet. Er stelle sich damit zufrieden, daß die Welt ihn fürchtet und anfleht. Was tun ihm diese winzigen Menschen?

BIA Auch sie, mein Lieber, sind ein Teil von der Welt.

KRATOS Ich weiß nicht, etwas ist nicht mehr wie vordem. Unsere Mutter hat es gesagt: »Er kommt wie der Sturmwind, und die Gezeiten werden sich ändern.« Dieser Sohn des Berges, der mit dem Zeichen gebietet, er ist nicht mehr wie die Herrscher vor ihm – die Nacht, die Erde, der alte Himmel oder das Chaos. Man würde sagen, die Welt sei zerteilt. Einst geschahen die Dinge. Für jedes Ding kam das Ende, und was lebte, war ein Gesamt. Jetzt hingegen gibt es ein Gesetz, und es gibt ein Gedächtnis. Er hat sich unsterblich gemacht und mit sich uns, seine Diener. Auch die winzigen Menschen denken an uns; sie wissen, daß sie sterben müssen, und betrachten uns still. Und bis dahin begreife ich sie, deswegen haben wir die Titanen bekämpft.

Aber daß er, der Himmlische, der uns auf dem Berg diese Gaben versprach, die Gipfel verläßt und fortgeht, um sich alle Augenblicke auszutoben und zum Menschen unter den Menschen zu machen, mir gefällt es nicht. Und dir, Schwester?

BIA Er wäre kein Gebieter, könnte er das Gesetz, das er schuf, nicht durchbrechen. Durchbricht er es aber wahrhaftig?

KRATOS Die Sache ist die, daß ich ihn nicht begreife. Als wir uns auf die Berge losstürzten, da lächelte er, als hätte er schon gesiegt. Er kämpfte mit Zeichen und kurzen Worten. Er zeigte sich niemals entrüstet; sein Feind lag schon am Boden, und er lächelte noch. So zerdrückte er Titanen und Menschen. Da gefiel er mir; er hatte kein Mitleid. Und so lächelte er ein anderes Mal: als er den Menschen die Frau zu geben gedachte, die Pandora, um sie für den Raub des Feuers zu strafen. Wie ist es möglich, daß er sich jetzt an Weinbergen und Städten erfreut?

BIA Vielleicht ist die Frau, die Pandora, nicht nur ein Unheil. Warum willst du nicht, daß er sich mit ihr als einer seiner Gaben vergnüge?

KRATOS Aber weißt du, was die Menschen eigentlich sind? Erbärmliche Wesen, die sterben müssen, erbärmlicher als die Würmer oder die Blätter vom vorigen Jahr, die gestorben sind und es nicht wußten. Sie hingegen, sie wissen es und sagen es und hören nie auf, uns anzurufen, uns einen Gefallen oder einen Blick zu entreißen, uns Feuer zu machen, jene Feuer gerade, die sie aus dem Hohlraum des Schilfrohrs gestohlen. Und mit den Frauen, mit den Opfern, mit den Liedern und schönen Worten erreichten sie, daß wir andern, die Unsterblichen, daß einige von uns zu ihnen hinabstiegen, sie wohlwollend betrachteten, Kinder von ihnen empfingen. Verstehst du die Berechnung, die erbärmliche und unverschämte Schlauheit? Ist dir klar, warum mich all dies erhitzt?

BIA Die Mutter hat es gesagt, und du sagst es selbst: Die Welt ist verändert. Nicht erst seit heute steigt der Herrscher der Berge hinab unter die Menschen. Vergißt du vielleicht, daß er vorzeiten heimlich auf einer Insel des Meeres lebte und dort starb und begraben wurde, wie es damals den Göttern widerfuhr?

KRATOS Diese Dinge weiß man.

BIA Aber daraus läßt sich nicht folgern, daß sein Zeichen verfiel. Verfallen sind statt dessen die Herrscher des Chaos, jene, die einst herrschten ohne Gesetz. Der Mensch, das Wild und auch der Felsblock war vorher Gott. Alles geschah ohne Namen und ohne Gesetz. Es bedurfte der Flucht des Gottes, der großen Ruchlosigkeit seiner Verbannung unter die Menschen, als er noch Kind war und die Ziege ihn säugte, und dann des Aufwachsens auf dem Berg zwischen den Wäldern, der Worte der Menschen und der Gesetze der Völker und des Schmerzes, des Todes, des Trauerns, um den Sohn des Kronos zum guten Richter zu machen, zum unsterblichen und ruhlosen Geist. Glaubst du, du habest ihm geholfen, die Titanen zu zerdrücken? Hast du doch selber gesagt: er kämpfte, als hätte er schon gesiegt. Das wiedergeborene Kind wurde Herrscher, indem es unter den Menschen lebte.

KRATOS Und sei dem auch so. Das Gesetz war der Mühe wohl wert. Warum aber beharrt er darauf, zu ihnen zurückzukehren, nun er König ist von uns allen?

BIA Bruder, o Bruder, willst du begreifen, daß die – wenn auch nicht mehr göttliche – Welt grad wegen jenen stets neu und stets reich ist, für die er hinabsteigt vom Berg? Das Wort des Menschen, der zu leiden versteht und sich verzehrt und die Erde besitzt, es offenbart den ihm Lauschenden Wunder. Die jungen Götter, die auf die Herrscher des Chaos folgten: alle wandern sie auf der Erde unter den Menschen. Und bewahrt dennoch einer von ihnen die Liebe zu den gebirgigen Orten, zu den Grotten, zu den wilden Himmeln, dann nur, weil die Menschen jetzt auch dort angelangt sind und ihre Stimme so gern jene Einsamkeiten entweiht.

KRATOS Wenn er nur so wanderte, der Sohn des Kronos, lauschte und strafte gemäß dem Gesetz! Doch wie kommt es, daß er sich einläßt, zu genießen und sich genießen zu lassen; wie kommt es, daß er jenen Sterblichen Frauen und Kinder raubt?

BIA Hättest du welche von ihnen gekannt, so verstündest du es. Arme Würmer sind sie, doch bei ihnen ist alles unerahnt und Entdeckung. Man kennt das Tier, man kennt den Gott, aber niemand, nicht einmal wir andern durchschauen den Grund ihrer Herzen. Es gibt sogar welche unter ihnen, die es wagen, sich gegen das Schicksal aufzulehnen. Nur im Leben mit ihnen und für sie schmeckt man die Würze der Welt.

KRATOS Oder der Frauen, der Töchter Pandoras, jener Tiere?

BIA Frauen oder Tiere, gleichviel. Was meinst du damit zu sagen? Sie sind die reichste Frucht des sterblichen Lebens.

KRATOS Aber Zeus, naht er ihnen als Tier oder als Gott?

BIA Narr, er naht ihnen als Mensch. Das besagt alles.

Daß die eleusinischen Mysterien in den Gestalten von Dionysos und Demeter (auch Kore und Pluto) den Eingeweihten ein göttliches Vorbild der Unsterblichkeit boten, hört man allgemein gern. Weniger gern hört man sich daran erinnern, daß Demeter die Ähre – das Brot – und Dionysos die Traube – der Wein – ist. »Nehmet und esset ...«

Das Mysterium

(Es sprechen Dionysos und Demeter)

DIONYSOS Diese Sterblichen sind einfach vergnüglich. Wir kennen die Dinge, sie tun sie. Ich frage mich, was die Tage ohne sie wären. Was wir Olympier wären. Sie rufen uns mit ihren Stimmchen und geben uns Namen.

DEMETER Ich war vor ihnen, und ich kann dir sagen, daß man allein war. Die Erde war Wald, Schlange, Schildkröte. Wir waren die Erde, die Luft, das Wasser. Was konnte man tun? Damals war es, daß wir die Gewohnheit annahmen, ewig zu sein.

DIONYSOS Das gibt es nicht für die Menschen.

DEMETER Richtig. Was sie berühren, wird Zeit, wird Handlung. Erwartung und Hoffnung. Auch ihr Sterben bedeutet etwas.

DIONYSOS Sie haben eine Art, sich selbst und die Dinge und uns andere zu benennen, die das Leben bereichert. Wie die Weingärten, die sie auf diese Hügel zu pflanzen vermochten. Als ich das Rebenschloß nach Eleusis trug, glaubte ich nicht, daß sie aus häßlichen, felsigen Hängen ein so süßes Land machen würden. So steht es mit dem Korn, mit den Gärten. Überall, wo sie Mühsal und Worte anwenden, wird ein Rhythmus, ein Sinn, ein Zustand der Ruhe geboren.

DEMETER Und die Geschichten, die sie von uns zu erzählen wissen? Ich frage mich manchmal, ob ich wahrhaftig die Gaia, die Rhea, die Kybele, die Große Mutter bin, für die sie mich halten. Sie wissen uns Namen zu geben, in denen wir uns selber erkennen, Jakchos, und sie entreißen uns der harten Ewigkeit des Geschicks, um uns mit Schönheit zu schmücken in den Tagen und Landen, wo wir sind.

DIONYSOS Für uns bist du immer Deo.

DEMETER Wer würde in ihrem Elend so viel Reichtum vermuten? Für sie bin ich ein wilder und waldiger Berg, bin ich Wolke und Grotte, bin ich Herrin der Löwen, des Getreides und der Stiere, der ummauerten Burgen, bin ich die Wiege und das Grab, die Mutter von Kore. Alles schulde ich ihnen.

DIONYSOS Auch von mir sprechen sie ständig.

DEMETER Und sollten wir ihnen nicht, Jakchos, mehr helfen, sie irgendwie entschädigen, ihnen zur Seite stehen während des kurzen Tages, den sie genießen?

DIONYSOS Du hast ihnen das Getreide gegeben, ich die Rebe, Deo. Laß sie gewähren. Braucht es noch mehr?

DEMETER Ich weiß nicht warum, aber alles, was unsere Hände verläßt, ist immer zweideutig. Es ist ein Beil mit zwei Schneiden. Meinem Triptolemos wurde beinahe von seinem skythischen Wirt, zu dem er das Getreide hinbrachte, die Kehle zerschnitten. Und auch du, höre ich, machst unschuldiges Blut fließen.

DIONYSOS Wenn sie nicht trauerten, wären sie keine Menschen. Ihr Leben, das muß doch sterben. Ihr ganzer Reichtum ist der Tod, der sie zwingt, sich anzustrengen, sich zu erinnern und vorauszusehen. Und dann glaube nicht, Deo, daß ihr Blut wertvoller sei als das Getreide oder der Wein, mit welchen wir es ernähren. Das Blut ist schlecht, schmutzig, armselig.

DEMETER Du bist jung, Jakchos, und du weißt nicht, daß es das Blut ist, in dem sie uns fanden. Ruhlos eilst du durch die Welt, und der Tod ist für dich wie Wein, der befeuert. Du bedenkst aber nicht, daß die Sterblichen alles erlitten haben, was sie von uns erzählen. Wie viele sterbliche Mütter haben Kore verloren und fanden sie nie mehr zurück! Die reichste Huldigung, die sie uns darbieten können, liegt heute noch im Vergießen von Blut.

DIONYSOS Ist es eine Huldigung, Deo? Du weißt besser als ich, daß sie beim Töten des Opfers einst glaubten, sie töteten uns.

DEMETER Und kannst du es ihnen verargen? Darum sage ich dir, daß sie uns im Blut gefunden haben. Ist der Tod für sie das Ende und der Beginn, so mußten sie uns töten, um uns auferstehen zu sehn. Sie sind sehr unglücklich, Jakchos.

DIONYSOS Glaubst du? Mir scheinen sie töricht. Vielleicht aber auch nicht. Im Hinblick darauf, daß sie sterblich sind, geben sie dem Leben einen Sinn, indem sie sich töten. Sie müssen ihre Geschichten sowohl im Leben als im Sterben erfahren. Nimm den Fall des Ikarios ...

DEMETER Jene arme Erigone ...

DIONYSOS Ja, doch Ikarios ließ sich umbringen, weil er es wollte. Vielleicht hat er gedacht, sein Blut wäre Wein. Er erntete, preßte und zog den Most ab wie ein Verrückter. Es war das erste Mal, daß man auf einer Tenne Most schäumen sah. Die Hecken, die Mauern, die Spaten wurden damit bespritzt. Auch Erigone tauchte die Hände hinein. Weshalb geht der alte Tölpel dann in die Felder, zu den Hirten, um sie trinken zu lassen? Betrunken, vergiftet, ergrimmt haben die ihn wie eine Ziege auf der Hecke zerfleischt und danach begraben, daß neuer Wein aus ihm werde. Er wußte es und hat es gewollt. Mußte die Tochter, die diesen Wein gekostet hatte, sich wundern? Auch sie wußte es. Was konnte sie, um die Geschichte zu schließen, anderes tun, als sich wie eine Traube in die Sonne zu hängen? Da gibt es nichts Trauriges. Die Sterblichen erzählen die Geschichten mit Blut.

DEMETER Und dir scheint, das sei unser würdig? Du hast dich gefragt, was wir ohne sie wären; du weißt, eines Tages könnten sie die Lust an uns Göttern verlieren. Du siehst also wohl, daß dich das Blut, dieses armselige Blut etwas angeht.

DIONYSOS Doch was sollen wir ihnen bloß geben? Sie werden Blut daraus machen, was immer es sei.

DEMETER Es gibt nur eine Möglichkeit, und du kennst sie.

DIONYSOS Sag.

DEMETER Ihrem Sterben einen Sinn zu verleihen.

DIONYSOS Wie meinst du?

DEMETER Ihnen das selige Leben erschließen.

DIONYSOS Aber das heißt das Schicksal versuchen, Deo. Sie sind sterblich.

DEMETER Höre mich an. Es wird der Tag kommen, da sie von selbst daran denken. Und sie werden es ohne uns tun, mit einer Erzählung. Sie werden von Menschen reden, die den Tod besiegt haben. Schon haben sie einen der Ihren in den Himmel versetzt, einer steigt alle sechs Monate hinab in die Hölle. Einer von ihnen hat mit dem Tod gekämpft und ihm ein Geschöpf entrissen ... Verstehe mich, Jakchos. Sie werden es selber tun. Und dann kehren wir zurück zu dem, was wir waren: Luft, Wasser und Erde.

DIONYSOS Sie werden darum nicht länger leben.

DEMETER Närrischer Knabe, was glaubst du? Wird es doch einen Sinn haben zu sterben. Auch sie werden sterben, um neu zu erstehen, und uns andere dann nicht mehr brauchen.

DIONYSOS Was willst du machen, Deo?

DEMETER Sie lehren, daß es in ihrer Macht ist, sich uns anzugleichen, jenseits vom Schmerz und vom Tod. Doch daß *wir* es ihnen sagen. So wie das Korn und der Wein zum Hades absteigen, um geboren zu werden. Sie lehren, daß der Tod auch für sie neues Leben verheißt. Sie mit dieser Erzählung beschenken. Sie führen durch diese Erzählung. Ihnen ein Schicksal erschließen, das sich mit dem unsren verflicht.

DIONYSOS Und dennoch werden sie sterben.

DEMETER Sie werden sterben und den Tod besiegt haben. Sie werden noch etwas sehen außer dem Blut, uns beide werden sie sehen. Sie werden den Tod nicht mehr fürchten und ihn nicht mehr besänftigen müssen durch weiteres Vergießen von Blut.

DIONYSOS Man kann es tun, Deo, man kann es tun. Es wird die Erzählung vom ewigen Leben. Fast beneide ich sie. Sie werden das Schicksal nicht kennen und unsterblich sein. Aber hoffe nicht, daß dadurch das Blut gestillt werde.

DEMETER Sie werden nur an das Ewige denken. Wenn überhaupt, so besteht die Gefahr, daß sie diese reichen Lande vernachlässigen.

DIONYSOS Fürs nächste. Doch haben das Korn und der Weinberg einmal den Sinn des ewigen Lebens, weißt du, was die Menschen dann sehen im Brot und im Wein? Fleisch und Blut, so wie jetzt, so wie immer. Und Fleisch und Blut werden triefen, nicht mehr um den Tod zu versöhnen, doch um das Ewige zu erreichen, das sie erwartet.

DEMETER Man könnte meinen, du sehest die Zukunft. Wie kannst du das sagen?

DIONYSOS Es genügt, die Vergangenheit gesehen zu haben, Deo. Glaube mir. Doch ich stimme dir zu. Es bleibt stets eine Erzählung.

Auch die griechische Sintflut galt als Strafe für ein Menschengeschlecht, das die Ehrfurcht vor den Göttern verloren hatte. Man weiß, daß sich die Erde dann wieder bevölkerte, indem bestimmte Steinblöcke geschleudert wurden.

Die Sintflut

(Es sprechen ein Satyr und eine Hamadryade)

HAMADRYADE Ich frage mich, was die Sterblichen zu diesem Wasser sagen.

SATYR Was wissen sie davon? Sie nehmen es hin. Manch einer erhofft sich vielleicht eine bessere Ernte.

HAMADRYADE Zu dieser Stunde hat das Schwellen der Flüsse begonnen, die Pflanzen zu entwurzeln. Überall regnet es jetzt auf Wasser.

SATYR Sie stehen vermummt in den Grotten und in den ärmlichen Hütten auf den Bergen. Sie lauschen, wie es regnet. Sie denken an die in den Tälern, die das Wasser bekämpfen, und sie täuschen sich.

HAMADRYADE Solange die Nacht dauert, täuschen sie sich. Doch morgen, im angstweckenden Licht, wenn sie bis zum Himmel ein einziges Meer und nur noch winzige Berge erblicken, dann kehren sie nicht in die Grotten zurück. Sie schauen. Sie werfen sich einen Sack über den Kopf, und sie schauen.

SATYR Du verwechselst sie mit dem wilden Getier. Kein Sterblicher kann verstehen, daß er stirbt, und dem Tod ins Angesicht schauen. Er muß laufen, muß denken, muß reden. Muß sprechen mit jenen, die bleiben.

HAMADRYADE Aber diesmal bleibt keiner. Was also werden sie tun?

SATYR Das möchte ich sehen. Wenn sie einmal wissen, daß sie alle, alle zusammen verdammt sind, dann – du wirst sehen – machen sie sich ans Feiern. Womöglich kommen sie uns andere suchen.

HAMADRYADE Oh, was haben wir damit zu tun?

SATYR Wir haben wohl damit zu tun. Wir sind das Fest, sind

Leben für sie. Sie werden das Leben suchen mit uns bis zum letzten.

HAMADRYADE Ich verstehe nicht, welch ein Leben können wir ihnen geben? Wir können nicht einmal sterben. Alles, was wir können, ist schauen. Schauen und wissen. Doch du sagst, daß sie nicht schauen und sich nicht abfinden können. Was sollen sie sonst von uns verlangen?

SATYR So vieles, Zicklein. Wir sind wie wilde Tiere für sie. Die Tiere werden geboren und sterben wie Blätter. Uns sehen sie flüchtig zwischen den Zweigen verschwinden und halten uns dann für irgendwie göttliche Wesen – da wir auf der Flucht, um uns zu verstecken, das Leben sind, das fortdauert im Wald –, ein Leben wie das ihrige, doch unversiegbar und reicher. Ich sage dir, uns werden sie suchen. Es wird die letzte Hoffnung sein, die sie haben.

HAMADRYADE Bei diesem Wasser: Und was werden sie tun?

SATYR Weißt du nicht, was das ist, eine Hoffnung? Sie werden glauben, daß ein Wald, in dem auch wir uns befinden, nicht überschwemmt werden kann. Sie werden sich sagen, daß nicht alle, ganz und gar alle Menschen verschwinden können, wo läge sonst noch ein Sinn, uns gekannt zu haben, geboren worden zu sein? Sie werden wissen, daß die Großen, die Olympier, ihren Tod herbeiwünschen, doch daß wir, so wie sie, wie das kleine Getier, schließlich das Leben, die Erde, das Wirkliche, Ausschlaggebende sind. Ihre Gezeiten beschränken sich auf Feste, und wir sind die Feste.

HAMADRYADE Das ist einfach. Ihnen die Hoffnung. Unser das Schicksal. Das ist doch albern.

SATYR Nicht so albern, wie es dir scheint. Etwas werden sie retten.

HAMADRYADE Gut, aber wer hat die großen Götter gereizt? Wer hat jene ganze Verwirrung gestiftet, so daß selbst die

Sonne sich das Antlitz verhüllte? Das betrifft sie, will mir scheinen. Es geschieht ihnen recht. Das entspricht ihnen sehr.

SATYR Komm, Zicklein, glaubst du wahrhaftig an diese Dinge? Hätten sie das Leben tatsächlich entweiht, denkst du nicht, daß dann das Leben genügte, um sie zu strafen, ohne daß der Olymp mit der Sintflut eingreifen muß? Wenn jemand etwas entweiht hat, dann – glaube mir – sind es nicht sie.

HAMADRYADE Inzwischen müssen sie sterben. Wie wird es ihnen morgen ergehen, wenn sie wissen, was sich ereignet?

SATYR Hör den Wasserfall, Kleines. Morgen sind auch wir überschwemmt. Da wirst du Häßliches sehen, du, die so gerne betrachtet. Immerhin gut, daß wir nicht zu sterben vermögen.

HAMADRYADE Bisweilen, ich weiß nicht ... Ich frage mich, wie es wäre, zu sterben. Das ist das einzige, was uns wirklich fehlt. Wir kennen alles und kennen dieses Einfache nicht. Ich möchte versuchen und dann – das versteht sich – erwachen.

SATYR Hör dir das an! Sterben heißt doch: nicht mehr wissen, daß du gestorben bist. Und das ist die Sintflut: zu so vielen zu sterben, daß keiner mehr bleibt, der es wüßte. So kommt es, daß sie uns andere suchen werden, uns bitten, sie zu retten, und daß sie gleich sein möchten wie wir, wie die Pflanzen, die Steine – wie die fühllosen und reinstes Schicksal verkörpernden Dinge. Durch die werden sie sich erretten. Weicht das Wasser wieder zurück, so tauchen Steine und Stämme herauf wie vordem. Und die Sterblichen verlangen nur dieses eine: wie vordem.

HAMADRYADE Merkwürdige Leute. Sie behandeln das Schicksal und das Kommende, als ob es eine Vergangenheit wäre.

SATYR Das ist der Sinn der Hoffnung. Dem Schicksal einen Namen aus der Erinnerung geben.

HAMADRYADE Und du glaubst, daß sie sich wahrhaftig zu Steinen und Baumstämmen machen?

SATYR Sie können Fabeln erzählen, die Sterblichen. Je nachdem sie die Schrecknis dieser Nacht und von morgen Phantastisches reden läßt, werden sie im Zukünftigen leben. Werden sie Wildtiere und Felsen und Pflanzen sein. Götter sein. Werden sie es wagen, die Götter zu töten, um sie von neuem erstehen zu sehen. Sie werden sich eine Vergangenheit geben, um dem Tod zu entfliehen. Es gibt nichts als diese zwei Dinge: die Hoffnung oder das Schicksal.

HAMADRYADE Wenn dem so ist, kann ich sie nicht beweinen. Schön muß es sein, sich auf diese Art mutwillig selbst zu gestalten.

SATYR Ja, es ist schön. Doch glaube nicht, sie wüßten, wie mutwillig sie handeln. Die merkwürdigsten Rettungen finden sie blind, wenn sie vom Schicksal schon weggerafft und zerdrückt sind. Sie haben keine Zeit, die Mutwilligkeit zu genießen. Sie wissen nur, daß sie mit sich selber bezahlen. Das wohl.

HAMADRYADE Diente diese Sintflut wenigstens dazu, sie über das Spiel und das Fest zu belehren! Die Mutwilligkeit, die uns Unsterblichen auferlegt wird vom Schicksal und die wir kennen – warum lernen sie nicht, die zu erleben wie einen ewigen Augenblick in ihrem Elend? Warum begreifen sie nicht, daß gerade ihre Hinfälligkeit sie wertvoll macht?

SATYR Alles kann man nicht haben, Kleines. Wir, die wissen, kennen kein Bevorzugen. Und sie, die unvorhergesehene, einzige Augenblicke erleben, sie kennen nicht deren Wert. Sie möchten unsere Ewigkeit. Dies ist die Welt.

HAMADRYADE Morgen werden auch sie etwas wissen. Und die Steinblöcke und Länder, die eines Tages ans Licht zurücktauchen, die leben dann nicht nur von Hoffnung oder von Angst. Du wirst sehen, die neue Welt wird etwas Göttliches haben in ihren hinfälligsten Sterblichen.

SATYR So der Gott es wollte, Zicklein! Es gefiele auch mir.

Gewaltiges Thema. Der hier Schreibende ist sich durchaus bewußt, etwas sehr Gewagtes zu tun, wenn er in den neun, drei mal drei, nur drei oder auch zwei Musen und Chariten eine einzige Gottheit erblickt. Aber wie von vielen anderen Dingen ist er auch hiervon überzeugt. In der Welt, um die es sich hier handelt, sind die Mütter häufig die Töchter – und umgekehrt. Das ließe sich auch beweisen. Ist es nötig? Wir laden den Lesenden lieber zum Genuß der Tatsache ein, daß nach griechischer Überlieferung die Feste der Phantasie und der Erinnerung fast immer auf Bergen und auf Hügeln stattfanden; nach und nach, indem jenes Volk in die Halbinsel hinuntersiedelte, wurden sie dann erneuert.

Die Musen

(Es sprechen Mnemosyne und Hesiod)

MNEMOSYNE Alles in allem, du bist nicht zufrieden.

HESIOD Wenn ich an ein Vergangenes denke, an schon beschlossene Zeiten, ich sage dir, daß mir dann scheint, ich sei es gewesen. Aber im täglichen Leben ist es anders. Ich verspüre einen Ekel vor den Dingen und Pflichten, wie ihn der Betrunkene fühlt. Dann höre ich auf und steige hierher aufs Gebirge. Aber siehe, beim Zurückdenken ist mir von neuem, als sei ich zufrieden gewesen.

MNEMOSYNE So wird es stets sein.

HESIOD Du, die alle Namen kennt, wie lautet der Name für diesen Zustand, den meinen?

MNEMOSYNE Du kannst ihn mit meinem oder deinem Namen benennen.

HESIOD Mein menschlicher Name, Melete, ist nichts. Doch du, wie willst du benannt sein? Ein jedes Mal ist das Wort, das dich anruft, verschieden. Du bist wie eine Mutter, deren Name sich in die Jahre verliert. In den Häusern und auf den Gäßchen, von wo man das Gebirge erblickt, spricht man häufig von dir. Man sagt, daß du einmal auf unzugänglichsten Bergen, wo es Schnee, schwarze Bäume und Ungeheuer gibt, in Thrakien oder Thessalien gewesen und die Muse genannt worden seist. Andere sagen Kalliope oder Klio. Wie lautet der wirkliche Name?

MNEMOSYNE Ich komme tatsächlich von dort. Und Namen habe ich viele. Ich werde, einmal hinabgestiegen, noch andere haben ... Aglaia, Hegemone, Phaenna, je nach den Launen der Orte.

HESIOD Jagt auch dich der Verdruß durch die Welt? Bist du denn keine Göttin?

MNEMOSYNE Weder Verdruß noch Göttin, mein Lieber. Heute gefällt mir dieser Berg, der Helikon, vielleicht weil du ihn besuchst. Ich liebe es, dort zu verweilen, wo die Menschen sind, doch ein wenig abseits. Ich suche keinen und bin gesprächig mit dem, der zu reden versteht.

HESIOD O Melete, ich verstehe nicht zu reden. Und mir scheint es, ich wüßte nur etwas bei dir. In deiner Stimme und in deinem Namen liegt die Vergangenheit, jede Frist, deren ich mich entsinne.

MNEMOSYNE In Thessalien lautete mein Name Mneme.

HESIOD Irgend jemand, der von dir spricht, nennt dich alt wie die Schildkröte, verschrumpelt und hart. Andere machen dich zur herben, knospen- oder wolkenähnlichen Nymphe . . .

MNEMOSYNE Und was sagst du?

HESIOD Ich weiß nicht. Du bist Kalliope und bist Mneme. Deine Stimme und dein Blick sind unsterblich. Du bist wie ein Wasserlauf oder ein Hügel, die man nicht fragt, ob sie jung oder alt sind, denn es gibt für sie keine Zeit. Sie sind da. Sonst weiß man nichts.

MNEMOSYNE Aber auch du, Lieber, bist da, und das Dasein heißt für dich Ekel und Mißmut. Wie stellst du dir das Leben von uns andern Unsterblichen vor?

HESIOD Ich stelle es mir nicht vor, Melete, ich ehre es nach meinen Kräften, mit lauterem Herzen.

MNEMOSYNE Fahre fort, du gefällst mir.

HESIOD Ich habe alles gesagt.

MNEMOSYNE Ich kenne euch Menschen, ihr sprecht mit verhaltenem Munde.

HESIOD Wir können nichts anderes tun vor den Göttern als uns verneigen.

MNEMOSYNE Laß die Götter beiseite. Ich bestand, als es Götter nicht gab. Du kannst reden mit mir. Die Menschen sagen mir alles. Bete uns nur an, wenn du willst, doch sage mir, wie du dir denkst, daß ich lebe.

HESIOD Wie kann ich es wissen? Keine Göttin hat mich ihres Lagers gewürdigt.

MNEMOSYNE Dummer, die Welt hat Gezeiten, und jene Zeit ist zu Ende.

HESIOD Ich kenne einzig das Land, das ich umgepflügt habe.

MNEMOSYNE Du bist hochmütig, Hirte. Du hast den Hochmut des Sterblichen. Doch es wird dein Los sein, noch andere Dinge zu wissen. Warum – sage mir – glaubst du dich zufrieden, wenn du mit mir redest?

HESIOD Da kann ich dir antworten. Was du sagst, schließt in sich nicht jenen Ekel all dessen, was täglich geschieht. Du gibst den Dingen eigene Namen, die sie anders machen, unerhört und doch lieb und vertraut wie eine Stimme, die seit langem schwieg. Oder wie das jähe Sich-Erblicken in einem Spiegel von Wasser, der uns sagen läßt: »Wer ist dieser Mensch?«

MNEMOSYNE Mein Lieber, ist es dir je widerfahren, eine Pflanze, einen Steinblock, eine Gebärde zu sehen und die gleiche Leidenschaft zu verspüren?

HESIOD Es ist mir widerfahren.

MNEMOSYNE Und hast du das »Warum« gefunden?

HESIOD Es ist nur ein Nu, Melete. Wie halte ich ihn auf?

MNEMOSYNE Hast du dich nicht gefragt, weshalb ein Nu, so vielen vergangenen gleich, dich mit einemmal froh machen muß, glücklich wie einen Gott? Du hast den Ölbaum betrachtet, den Ölbaum auf dem Sträßchen, das du durch Jahre tagtäglich gingst. Und da kommt der Tag, an dem dich der Unmut verläßt, und du liebkost den alten Stamm mit den Blicken, fast so, als wäre er ein wiedergefundener Freund, der dir gerade jenes einzige Wort sagt, das dein Herz sich erharrte. Ein andermal ist es irgendeines Wanderers flüchtiger Aufblick. Ein andermal wieder der Regen, der seit Tagen nicht nachläßt. Oder der gellende Schrei eines Vogels. Oder eine Wolke, von der du glaubst, du habest sie schon einmal gesehen. Die Zeit steht für einen Augenblick still, und das gewöhnliche Ding, das spürst du im Herzen, als ob das Vor- und Nachher nicht mehr bestünde. Frugst du dich nie nach seinem »Warum«?

HESIOD Du sagst es ja selber. Jener Augenblick hat das Ding zur Erinnerung, zum Vorbild gemacht.

MNEMOSYNE Kannst du dir kein Dasein ausdenken, das aus lauter solchen Augenblicken besteht?

HESIOD Ich kann es mir ausdenken, ja.

MNEMOSYNE Also weißt du auch, wie ich lebe.

HESIOD Ich glaube dir, Melete, weil du alles in deinen Augen mitträgst. Und der Name Euterpe, den viele dir geben, kann mich nicht mehr verblüffen. Aber die sterblichen Augenblicke bilden kein Leben. Wollte ich sie wiederholen, sie verlören die Blüte. Immer kehrt der Unmut zurück.

MNEMOSYNE Und doch hast du gesagt, daß jener Nu eine Erinnerung sei. Und was ist die Erinnerung andres, wenn nicht Leidenschaft, die sich wiederholt? Verstehe mich recht.

HESIOD Was willst du sagen?

MNEMOSYNE Ich will sagen, daß du weißt, was unsterbliches Leben ist.

HESIOD Rede ich mit dir, so fällt es mir schwer, dir zu widerstehen. Du hast die Dinge am Anfang gesehen. Du bist der Ölbaum, der Blick aus den Augen und die Wolke. Du sagst einen Namen, und das Genannte besteht dann für immer.

MNEMOSYNE Hesiod, ich finde dich täglich hier oben. Andere fand ich vor dir auf diesen Bergen, auf den kargen

Flüssen von Thrakien und von Pieria. Du gefällst mir besser als sie. Du weißt, daß ihr die unsterblichen Dinge in Schrittweite habt.

HESIOD Es ist nicht schwer, das zu wissen. Sie anzufassen ist schwer.

MNEMOSYNE Für sie müssen wir leben, Hesiod. Das bedeutet ein lauteres Herz.

HESIOD Solange ich dir lausche, gewiß. Doch das Leben des Menschen spielt sich dort unten ab bei den Häusern, auf den Feldern. Vor dem Feuer und in einem Bett. Und jeder aufsteigende Tag stellt die gleiche Mühsal und die gleichen Gebrechen vor dich hin. Es ist verdrießlich zum Schluß, Melete. Es gibt ein Sturmwetter, das die Gelände erneuert – weder der Tod noch die heftigen Schmerzen nehmen den Mut. Doch die unendliche Mühsal, die Anstrengung, um von Stunde zu Stunde lebendig zu bleiben, die Nachricht vom Übel der andern, vom erbärmlichen Übel, lästig wie Fliegen im Sommer – dies ist das Leben, das die Beine abschneidet, Melete.

MNEMOSYNE Ich komme von öderen Orten, von verdüsterten und unmenschlichen Schluchten, wo sich das Leben dennoch aufgetan hat. Zwischen diesen Ölbäumen und unter dem Himmel kennt ihr jenes Los nicht. Hörtest du je, was das Moor Boibeïs ist?

HESIOD Nein.

MNEMOSYNE Eine neblige Heide von Schlamm und von Röhricht, wie am Anfang der Zeiten, in einer gurgelnden Stille. Sie erschuf Ungeheuer und Götter aus Kot und Blut. Die Thessalier sprechen noch jetzt kaum davon. Weder Zeit noch Geschehen ändern sie je. Es gelangt keine Stimme dorthin.

HESIOD Doch inzwischen, Melete, sprichst du von ihr und hast ihr ein göttliches Schicksal verliehen. Deine Stimme hat sie erreicht. Nun ist sie ein furchtbarer und geheiligter Ort. Die Ölbäume und der Himmel des Helikon sind nicht das ganze Leben.

MNEMOSYNE Aber ebensowenig der Verdruß, die Rückkehr zu den Häusern. Begreifst du nicht, daß der Mensch, jeder Mensch, in jenem Moor von Blut auf die Welt kommt? Und daß auch euch das Heilige und das Göttliche begleiten, im Bett, auf dem Feld, vor der Flamme? Jede eurer Gebärden wiederholt ein göttliches Vorbild. Weder bei Tag noch bei Nacht habt ihr einen Nu, nicht einmal den flüchtigsten, der nicht der Stille des Ursprungs entströmte.

HESIOD Du redest, Melete, und ich kann dir nicht widerstehen. Genügte es wenigstens, dich anzubeten.

MNEMOSYNE Es gibt eine andere Art und Weise, mein Lieber.

HESIOD Und welche?

MNEMOSYNE Versuche den Sterblichen das, was du weißt, zu erzählen.

Die Götter

– Der Berg ist unbehaust, Freund. Schneeflocken liegen auf dem vom letzten Winter geröteten Gras. Es sieht aus wie das Fell des Kentauren. Diese Anhöhen sind allemal so. Ein Kleines genügt, und die Gegend ist wieder die gleiche wie damals, als solche Dinge geschahen.

– Ich frage mich, ob es stimmt, daß man sie gesehen hat.

– Wer kann das sagen? Aber gewiß hat man sie gesehen. Man hat ihre Namen berichtet und weiter nichts – hier liegt der ganze Unterschied zwischen Fabeln und Wahrem. »Es war dieser oder war jener andre«, »er hat dies getan, hat jenes gesagt«. Der Wahrheitsliebende stellt sich zufrieden. Er vermutet nicht einmal, man könnte ihm etwa nicht glauben. Die Schwindler sind wir, die diese Dinge nie sahen und doch ganz genau wissen, wie das Fell des Kentauren war oder die Farbe der Trauben auf Ikarios' Tenne.

– Es genügt ein Hügel, ein Gipfel, eine Küste. Daß es ein einsamer Ort ist und deine Augen, wenn sie an ihm wieder hinaufwandern, im Himmel stillstehen. Das unglaubliche Abstechen der Dinge im Äther rührt noch heute ans Herz. Ich für mich glaube, ein im Himmel sich abzeichnender Baum oder Steinblock sind Götter von Anbeginn an.

– Diese Dinge sind nicht allzeit auf den Bergen gewesen.

– Versteht sich. Zuerst gab es die Stimmen der Erde – die Quellen, die Wurzeln, die Schlangen. Wenn der Dämon die Erde mit dem Himmel verbindet, muß sie aus dem Dunkel des Bodens ans Licht heraustreten.

– Ich weiß nicht. Jene Leute wußten zuviel. Mit einem einfachen Namen schilderten sie die Wolke, den Wald, die Geschicke. Sie sahen, was wir kaum wissen. Sie hatten weder

Zeit noch Lust, sich in Träume hineinzuverlieren. Sie sahen schreckliche, unglaubliche Dinge und staunten nicht einmal. Man wußte, was los war. Schwindelten jene, dann hast auch du allerdings, wenn du sagst, »es ist Morgen« und »es kommt Regen«, den Verstand verloren.

– Sie nannten Namen, das schon. So reichlich, daß ich mich zuweilen frage, ob zuerst die Dinge oder jene Namen bestanden.

– Sie waren miteinander, glaube mir. Und es war hier, in diesen unbebauten und einsamen Geländen. Ist es zum Verwundern, daß sie hierherauf kamen? Was anderes konnten sie – diese Leute – hier suchen, wenn nicht die Begegnung mit den Göttern?

– Wer kann sagen, weswegen sie hier verweilten? In jedem verlassenen Ort bleibt doch eine Leere, eine Erwartung zurück.

– Etwas anderes läßt sich hier oben nicht denken. Diese Orte haben Namen für immer. Es bleibt nichts als das Gras unter dem Himmel, und doch dröhnt dieser Windhauch in der Erinnerung stärker als ein Sturmwind im Wald. Es gibt weder Leere noch Erwartung. Was war, ist für immer.

– Aber sie sind tot und begraben. Jetzt sind die Orte, wie sie vor ihnen waren. Ich will es dir lassen, daß das, was sie gesagt haben, stimmt. Was bleibt sonst noch übrig? Du wirst zugeben, daß man auf dem Pfad keine Götter mehr trifft. Wenn ich sage, »es ist Morgen« und »es kommt Regen«, so spreche ich nicht von ihnen.

– Heute nacht haben wir von ihnen gesprochen. Gestern sprachst du vom Sommer und der Lust, die du verspürst, um abends die laue Luft einzuatmen. Und sonst erzählst du vom Menschen, von den Leuten, die mit dir zusammen waren, von deinen vergangenen Freuden, von unerwarteten Treffen. Alles Dinge, die einmal waren. Ich, sei versichert, habe dir zugehört, wie ich in mir drinnen auf jene Namen der

Vorzeit wieder höre. Wenn du so erzählst, was du weißt, entgegne ich nicht mit der Frage »Was bleibt übrig?« noch ob zuerst die Worte oder die Dinge bestanden. Ich lebe mit dir und fühle mich lebendig.

– Es ist nicht leicht, so zu leben, als ob das wahr sei, was in anderen Zeiten geschah. Als uns gestern der Nebel auf den Einöden ereilte und ein paar Steine vom Hügel zu unseren Füßen abrollten, dachten wir nicht an die göttlichen Dinge noch an ein unwahrscheinliches Treffen, sondern nur an die Nacht und die flüchtigen Hasen. Wer wir sind und woran wir glauben, kommt vor dem Ungemach, in der gefährlichen Stunde zum Vorschein.

– Schön wird es sein, mit den Freunden und wenn wir unter Dach sind, wieder von dieser Nacht und den Hasen zu reden. Und doch müßten wir lächeln ob dieser Angst, bedächten wir die Furcht jenes Volkes von einst, für das alles tödlich war, was sich zutrug. Volk, für das die Luft voll war von nächtlichen Schrecken, von geheimnisvoller Bedrohnis, angstvollem Erinnern. Denke nur an die Ungewitter oder Erdbeben. Und war dieses Ungemach wirklich, was unbezweifelbar ist, so war auch der Mut, die Hoffnung, die glückliche Entdeckung von Mächten, Verheißungen, Begegnungen wirklich. Ich für mich werde nicht müde, von ihren nächtlichen Schrecknissen und den Dingen, an die sie glaubten, reden zu hören.

– Und du glaubst an die Ungeheuer, glaubst an die tierisch gewordenen Leiber, an die lebendigen Steine, an das göttliche Lächeln, an die Worte, welche vernichteten?

– Ich glaube an das, was jeder Mensch erlitten und erhofft hat. Wenn sie einst auf diese felsigen Anhöhen stiegen oder tödliche Sümpfe suchten unter dem Himmel, dann, weil sie da etwas fanden, das wir nicht kennen. Es war weder das Brot noch das Vergnügen, noch die teure Gesundheit. Wo diese Dinge sind, weiß man. Nicht hier. Und wir, die fernab, dem Meer entlang oder in Feldern leben, wir haben es verloren, das andre.

– Nenne es also, das andere.

– Schon weißt du es. Jene Begegnungen.

Nachwort

Pavese erwähnt die *Gespräche mit Leuko* zum ersten Mal in einer am 21. Januar 1946 gezogenen Bilanz des vergangenen Jahres: »... eine neue Form entdeckt, die viele Adern verbindet (der Circe-Dialog)«. Bei dem erwähnten Text handelt es sich um das später mit dem Titel »Die Hexen« ins Buch aufgenommene Zwiegespräch zwischen Leukothea und Kirke, das Pavese vom 13.–15. Dezember 1946 niedergeschrieben hatte. Der Schriftsteller war durch diese Entdekkung einer neuen Form wie elektrisiert. Zahlreiche Briefe belegen, mit welch außergewöhnlicher Ungeduld er Proben des entstehenden Werks literarischen Zeitschriften zum Vorabdruck anbot, noch ehe er es am 31. März 1947 mit dem Dialog »Die Menschen« abschloß und im Oktober 1947 in der Reihe »Saggi« des Turiner Verlags Einaudi publizierte.

Am 20. Februar 1946 formulierte Pavese im Tagebuch das später in der Buchausgabe nahezu unverändert übernommene Vorwort zu den *Gesprächen,* und auf März 1946 ist nach Italo Calvino, dem Herausgeber von Band II der Briefe Paveses, wohl jener Brief an die Freundin Bianca Garufi zu datieren, in dem Pavese vermerkt: »Ich habe den Sammeltitel für die kleinen Dialoge gefunden: *Gespräche mit Leuko.* Na?« Mit diesem augenzwinkernden »Na?« spielt Pavese ebenso auf die Gleichung Leuko=Die Weiße (Bianca) an wie auf die Gesprächspartnerin der Kirke im Dialog.

Als Pavese in den letzten Monaten des Jahres 1947 die ersten Exemplare des neuen Buchs verschickte, variierte er in den Begleitschreiben die Ankündigung der Sendung. Der in Ivrea bei Olivetti arbeitende Franco Fortini wird vorgewarnt: Die *Gespräche* seien »ein großer Skandal«. Dem in

New York lebenden und für Einaudi tätigen Paolo Milano teilt Pavese mit, die Dialoge seien »ein häretisches, ihm am Herzen liegendes Buch«. In einem langen Brief an das mit ihm befreundete Ehepaar Pinelli in Rom schreibt er zynisch, aber auch mit geradezu schülerhaft anmutendem Stolz: »(Die Gespräche) gefallen niemandem, außer einem tüchtigen Professor für Griechisch und Religionsgeschichte (es handelte sich um den in Mailand lehrenden Mario Untersteiner), der mir gleich einen Sonderdruck (...) mit der Widmung schickte: ›für Cesare Pavese, den künstlerischen Deuter der hellenischen Religion.‹«

Wie eine Herausforderung seiner Leser und Kritiker liest sich der Waschzettel, den der Schriftsteller für die Buchausgabe verfaßte: »Cesare Pavese, den viele hartnäckig für einen eigensinnigen realistischen Erzähler halten, der sich auf amerikanisch-piemontesische Stadtperipherien und ländliche Gegenden spezialisiert hat, zeigt uns in diesen Gesprächen eine neue Seite seines Temperaments. Es gibt keinen authentischen Schriftsteller, der nicht seine Launen, seine Grille, seine heimliche Muse hätte, die ihn plötzlich dazu führen, Eremit zu werden. Pavese hat sich an seine Schulzeit und seine damalige Lektüre erinnert. Er hat einen Augenblick aufgehört zu glauben, sein Totem und Tabu, seine Wilden, die Vegetationsgottheiten, der Ritualmord, die mythische Sphäre und der Totenkult seien nutzlose Hirngespinste, und hat in ihnen das Geheimnis von etwas suchen wollen, an das sich alle erinnern, das alle ein bißchen unbeteiligt bewundern und über das sie gähnend lächeln. So sind diese *Gespräche* entstanden.«

Wenige Monate zuvor hatte der Schriftsteller seinen Roman *Der Genosse* veröffentlicht. Im Mittelpunkt stehen die politischen Lehrjahre eines arbeitslosen jungen Mannes kleinbürgerlicher Herkunft. Pavese war 1945 in die Kommunistische

Partei Italiens eingetreten und hatte mit dem Roman einen in literarischer Hinsicht eher fragwürdigen Tribut an das damalige neorealistische Credo entrichtet. Die *Gespräche mit Leuko* sind vor diesem Hintergrund zu sehen. Pavese, so konnte es scheinen, gab mit diesem neuen Werk den Auftakt zu einer seine Parteifreunde beunruhigenden irrationalen Wende, ganz abgesehen davon, daß die Dialogpartner der *Gespräche* eigentlich nur jenen etwas bedeuten konnten, die in den Genuß einer humanistischen Schulbildung gelangt waren, während für alle anderen das Werk ein Buch mit sieben Siegeln bleiben mußte.

Mit Sarkasmus und Ingrimm stellte Pavese nach der Veröffentlichung fest, daß sich kaum ein Rezensent zu seinen *Gesprächen* äußerte. Zustimmung erhielt er am ehesten aus Kreisen, die der Democrazia cristiana nahestanden. Auf eine kurze Besprechung in der Tageszeitung »L'Italia« durch Bona Alterocca dankte Pavese daher mit einem Brief vom 11. Dezember umgehend:

»Ich brauche Ihnen nicht zu sagen, daß ich Ihnen vielmals danke: Sie haben einen ernsten und schmeichelhaften Ton gefunden, der dazu angetan ist, die Kürze der Notiz beklagen zu lassen. Er gefällt mir um so mehr, da *Leucò* ein verdammtes Buch ist, über das sich niemand zu äußern wagt. Alle ›sind noch dabei, es zu lesen‹. Sie und Badano sind die einzigen, die es gewagt haben. Es ist fast zum Lachen, daß der schreckliche Ungläubige, Kommunist, Materialist und Saukerl, der ich bin, bis jetzt nur vom ›Popolo‹ und von ›L'Italia‹ besprochen worden ist, und dies mit Sympathie.«

Die *Gespräche mit Leuko* waren für Pavese nicht irgendeines seiner Bücher, wie eine Reihe mündlicher und schriftlicher Äußerungen belegen. In einer in der Manuskriptfassung auf den 12. Juni 1950 datierten Rundfunksendung für die Reihe »Schriftsteller vor dem Mikrophon«, die wenige Wochen vor dem Tod des damals zweiundvierzigjährigen Dichters ausgestrahlt wurde, hob Pavese noch einmal mit unmißverständlicher und hartnäckiger Deutlichkeit hervor, wieviel ihm die Dialoge bedeuteten: »In jedem der *Gespräche mit Leuko* wird mit Hilfe eines zwischen den beiden auftretenden Personen rasch ablaufenden Dialogs ein klassischer Mythos beschworen, in seiner ganzen Problematik und unheimlichen Mehrdeutigkeit gesehen und interpretiert, bis zu seinem menschlichen Kern freigelegt und dadurch jeder klassizistischen Pseudoschönheit entkleidet. Seine Gestalten werden als Typen mit einem schönen Namen behandelt, die zwar an ihrem Schicksal, nicht aber an einem psychologisch abgerundeten Charakter zu tragen haben. So sehen mehr oder weniger alle Gestalten Paveses aus, und so hofft er sie auch weiterhin zu gestalten, solange seine Kräfte reichen.«

Noch zwei Tage vor seinem Tod schrieb er an den französischen Übersetzer Nino Frank: »Ich werde veranlassen, daß die von Ihnen gesuchten Bücher *Der Hahn (Prima che il gallo canti), Unter Bauern (Paesi tuoi)* und *Der Sommer (La bella estate)* geschickt werden, außerdem ein Buch, das keiner liest und das natürlich das einzige ist, das etwas taugt, die *Gespräche mit Leuko.«*

Es kann nach all dem kaum noch überraschen, daß Pavese die letzten hinterlassenen Worte »Macht nicht zuviel Klatsch« auf dem Umschlag einer Kopie der *Dialoghi con Leucò* niederschrieb. Er betrachtete sie als Synthese seiner Dichtung und als persönliches Testament.

Der Leser darf sich durch den oben zitierten Waschzettel des Verlags nicht irreführen lassen:

Noch weniger als andere Werke des Dichters sind die *Gespräche mit Leuko* das Ergebnis einer bloßen Laune. Nicht von ungefähr erklärte Pavese, welche Bedeutung frühesten

Lektüreeindrücken für die Entstehung der Dialoge zukam. Es handelt sich bei diesen literarischen Vorbildern sowohl um die von der Schule vermittelten griechischen und römischen Klassiker wie um die in der gesamten italienischen Literatur nachweisbaren Auseinandersetzungen mit antiken Vorbildern bis hin zu Gabriele D'Annunzio, der während Paveses Entwicklungsjahren das literarische Leben Italiens beherrschte. Der junge Dichter war von dem Abruzzesen nicht weniger fasziniert als seine Generationsgenossen. Aus den bis in das Jahr 1924 zurückreichenden Briefen, den seit den frühen dreißiger Jahren entstehenden Gedichten, dem seit 1935 geführten Tagebuch und aus der im November 1945 bei Einaudi in Turin unter dem Sammeltitel *Feria d'agosto* (Hochsommer) gesammelten Kurzprosa läßt sich belegen, daß Paveses Verhältnis zum Mythos bis in seine literarischen Anfänge zurückreicht. In einem am 27. Juni 1947 an Fernanda Pivano adressierten Brief formulierte Pavese die für ihn wesentliche Forderung, daß er seinen dichterischen Auftrag nur auf der Grundlage mythischer und phantastischer Universalien wahrnehmen könne:

»Es ist nötig, daß die Landschaften – besser die Orte, das heißt der Baum, das Haus, der Weinstock, der Pfad, die Schlucht und so weiter – leben wie Personen, wie Bauern, und das heißt: daß sie mythisch sind. Die große Hügel-Brust müßte der Leib der Göttin sein, wo man in der Johannisnacht die Sonnwendfeuer aus Stoppeln anzünden und mit dem Kultus Tribut darbringen könnte. Der sanfte Gipfelrücken, der nach dem Absturz ins Leere hin verläuft, wäre der Weg, den der Held, der die Zivilisation bringt, schreitet (ein Herkules, ein Adonis), wenn er, nachdem er den Menschen Wohltaten erwiesen hat, zu einer unbekannten großen Tat aufbricht. Das kahle, schreckliche Stück Land auf dem Gipfel des höchsten Hügels, trostlos, jenseits der Bäume und Häu-

ser: eine Art Altar, auf den sich die Wolken senken und sich den klügsten Sterblichen ehelich verbinden. Und so weiter. Sicher nicht die griechischen Eheschließungen nachahmen, aber doch ihrem Phantasie-Ansatz folgen (unnütz zu sagen, daß es unmöglich ist wegen der ›aufgeklärten‹ Zeiten – um deswillen fletsche ich die Zähne und knabbere an den Nägeln). Doch ich habe die Georgica begriffen.«
Entscheidende Anstöße für eine über die frühe Schullektüre hinausgehende Auseinandersetzung mit den antiken Mythen erhielt Pavese in den Monaten nach der italienischen Kapitulation im Sommer 1943, als auf den Langhe und auch in nächster Nähe seines Geburtsorts Santo Stefano Belbo der Partisanenkrieg wütete. Pavese beteiligte sich im Gegensatz zu den meisten seiner Turiner Freunde nicht direkt daran. Immerhin war er dem Regime verdächtig. Seit der 1935 von den faschistischen Behörden verfügten Verbannung nach Kalabrien war er bei der politischen Polizei aktenkundig.
Als angesichts der Besetzung Turins durch die deutschen Truppen und die auf ihrer Seite weiterkämpfenden faschistischen Schwarzhemden der »Repubblica di Salò« die verlegerische Arbeit unmöglich geworden war, zog sich Pavese vom September 1943 bis zum April 1945 nach Serralunga di Crea zu seiner Schwester zurück und erteilte Unterricht in dem nahe gelegenen Internat der Padri Somaschi del Collegio Convitto Treviso in Casale Monferrato. In diesen Monaten blutiger Auseinandersetzungen widmete sich Pavese intensiv dem Mythos, mitten in einer Landschaft, in der er als Kind die Sommermonate verbracht und die er seit den frühen vierziger Jahren in den bereits erwähnten kurzen Erzählungen und Prosatexten der Sammlung *Feria d'agosto* evoziert hatte. Die Orte seiner Kindheit wurden für ihn nun zu den unverwechselbaren und einmaligen Bezugspunkten jenseits aller historischen Zeit.

Im Tagebuch Paveses finden sich in dichter Folge kritische Vorüberlegungen, die schließlich zu den *Gesprächen mit Leuko* hinführen. Wenigstens der ausführliche Eintrag vom 17. September 1943 soll das Niveau der Überlegungen bezeugen und zeigen, wie dicht Paveses Landschaftsdeutung im *Handwerk des Lebens* bereits an die Theophanie des Mythos heranführt:

»Eine Ebene inmitten von Hügeln, bestehend aus Wiesen und Bäumen in aufeinanderfolgenden, von breiten Lichtungen durchzogenen Kulissen, am Septembermorgen, wenn ein wenig Dunst sie vom Boden abhebt, interessiert dich wegen des offensichtlichen Charakters eines *heiligen Ortes,* den sie in der Vergangenheit annehmen mußte. In den Lichtungen Feste, Blumen, Opfer, am Rande des Geheimnisses, das zwischen den Waldesschatten herüberwinkt und droht. Dort, an der Grenze zwischen Himmel und Baumstamm, konnte der Gott hervortreten. Der *mythische Ort* ist nicht der individuell einzigartige, so wie ein Heiligtum oder ähnliches (den 11. September korrigieren), sondern der mit gewöhnlichem, universellem Namen, die *Wiese,* der *Wald,* die *Grotte,* der *Strand,* die *Lichtung,* der in seiner Unbestimmtheit alle *Wiesen, Wälder* usw. beschwört und sie alle mit seinem symbolhaften Schauer beseelt.

Hier sieht man erneut, wie die Rückkehr zur Kindheit dazu verhilft, den Durst nach Mythos zu stillen. Die Wiese, der Wald, der Strand der Kindheit sind keine realen Gegenstände unter vielen, sondern *die* Wiese, *der* Strand, wie sie sich uns im Absoluten offenbarten und unserer transzendentalen Vorstellungskraft Form gaben. Daß diese transzendentalen Formen sich danach noch um die späteren Ablagerungen der Erinnerung bereichert haben, gilt als *poetischer* Reichtum und ist etwas anderes als ihre ursprüngliche Bedeutung als Mythos. Kurz, die ›Dinge, die die Orte der Kindheit einzigartig haben

werden lassen‹ (2. Absatz 11. September), sind nur eines: das Sichbilden der transzendentalen Bilder.
Genügt das, um den religiösen Schauer zu ersetzen?«
Paveses Prosa ist grundsätzlich durch kleine Abschnitte gegliedert. Dies gilt auch für die *Gespräche mit Leuko*. Der Schriftsteller setzt hiermit bewußt eine kennzeichnende Tradition der italienischen Literatur fort, wie er am 2. November 1943 im Tagebuch festhält: »Die italienische *poiesis* liebt die großen Gebäude, die aus kleinen Kapitelchen, aus kurzen und sehr saftigen Teilen zusammengesetzt sind – die Früchte des Baums (Dante, die kurzen Gesänge; Boccaccio, die Novellen; Macchiavelli, die Kapitelchen der Hauptwerke; Vico, die Aphorismen der *Scienza Nuova;* Leopardi, die Gedanken des *Zibaldone,* etc.; um vom Sonett gar nicht erst zu reden). Deshalb ist sie wenig erzählend (wo lange, dahinströmende Ausbreitung verlangt ist: russischer Roman, französischer Roman) und sehr zerebral und argumentativ. Sie ist die Negation des Naturalismus, der dann in der Tat mit der formlosen Weite der englischen erzählenden Prosa beginnt (Defoe).«
Über die Aufzeichnungen Leopardis im Sudelbuch des seine Lektüreeindrücke reflektierenden und kommentierenden *Zibaldone* hinaus wurde für die *Gespräche mit Leuko* die Dialogform der *Operette morali* vorbildlich. Mit dem Hinweis auf Vico schließlich nannte Pavese sein für ihn wohl entscheidendes Vorbild der neueren Geistesgeschichte. Pavese exzerpierte am 5. November 1943 eine Reihe der in der Eintragung vom 2. November zitierten Aphorismen der *Scienza Nuova* jenes einzigen italienischen Schriftstellers, »der ein Gespür für das *derbe Leben* außerhalb von Arcadien hat«. Mit Vico hatte Pavese literarisch-philosophisches Urgestein entdeckt, das sich dann auch in den *Gesprächen mit Leuko* nachweisen läßt. Seine Sensibilität für den Ablauf des historischen Zeitalters wurde durch die Auseinandersetzung mit dem neapoli-

tanischen Philosophen des 18. Jahrhunderts zusätzlich geschärft. Am 15. Oktober 1945, in einem Augenblick, als die materiellen Zerstörungen und persönlichen Tragödien des eben erst zu Ende gegangenen Zweiten Weltkriegs den Betroffenen kaum Zeit ließen, darüber hinausreichende Überlegungen anzustellen, gab sich Pavese in seinem Tagebuch bereits über die drohenden ökologischen Katastrophen unserer Tage Rechenschaft: »Was soll man sagen, wenn die natürlichen Dinge – Quellen, Wälder, Weinberge, Land – eines Tages von der Stadt aufgesogen und vergangen sein werden und man ihnen in alten Sätzen aus der Vergangenheit begegnen wird? Sie werden auf uns wirken wie die Theoi, die Nymphen, das natürliche Heilige, das in manchen griechischen Versen zum Vorschein kommt. Dann wird der einfache Satz ›Es war eine Quelle‹ uns rühren.«

Die neue und vertiefte Sicht Paveses auf die Orte seiner Kindheit ist nicht zuletzt auch das Ergebnis seiner Auseinandersetzungen mit philologischen, theologischen, ethnologischen und religionswissenschaftlichen Werken. Wenige Wochen nach Kriegsende, am 30. Mai 1945, informierte Pavese den in Bari lehrenden und mit der Übersetzung von Ernst Cassirers *Das mythische Denken* beauftragten Ernesto de Martino über den Plan des Verlags Einaudi, eine *collana die etnologia e Kulturkunde* ins Leben zu rufen. Ein nicht geringer Teil der Energien des Verlagslektors Pavese wurde in den folgenden Jahren durch dieses Projekt absorbiert. Geradezu euphorisch äußerte er sich bei dem Gedanken an das Projekt in einem Brief an den Mailänder Literaturagenten Erich Linder am 1. Oktober 1947: »Im Dezember erscheint die *Collezione di studi etnologici, psicologici e religiosi,* die ich persönlich hätschle mit einem De Martino, *Il mondo magico* und einem Lévy-Bruhl *L'anima primitiva (L'Ame primitive).*

Kerényi, Aldrich, Jung *(Rapporti io e inconscio/Beziehungen zwischen dem Ich und dem Unbewußten),* Durkheim etc. werden folgen (. . .). Kurzum, wir erwarten glänzende Titel und Texte zur Ethnologie, zur Psychoanalyse, zu Blut und sakraler Ausschweifung. Einverstanden?«

Erinnern wir uns: Der Brief wurde wenige Wochen vor der Veröffentlichung der *Gespräche mit Leuko* verfaßt. In einem drei Jahre nach Paveses Selbstmord für die marxistische Zeitschrift *Società* verfaßten Aufsatz bezichtigte sich Ernesto De Martino, nicht rechtzeitig reagiert zu haben, als Pavese Werken irrationaler Richtung in der von ihm herausgegebenen Reihe ungebührlichen Raum zugestand. Bei den von De Martino indizierten Autoren handelte es sich um Leo Frobenius, Ewald Vohhard, Adolf Ellegard Jensen, um Karl Kerényi, von dem nicht weniger als drei Titel veröffentlicht wurden, aber auch um Theodor Reik, Jolan Jacobi, Lévy-Bruhl und Mircea Eliade. Die Beschäftigung Paveses mit den Gewährsleuten für seine Auseinandersetzung mit dem Mythos reicht zum Teil bis in die frühen dreißiger Jahre zurück. Bereits damals las er James George Frazers *The Golden Bough,* auf dem eine Reihe der Dialoge basieren.

Am 30. März 1944 exzerpierte Pavese aus einer ihm wohl bei den Patres in Casale Monferrato zugänglich gewordenen Übersetzung von Romano Guardinis *Geist der Liturgie:* »Nicht in der Zeit, sondern in der Ewigkeit, in der ewigen Gegenwart liegen die Wurzeln und findet man die Erfüllung aller Dinge«, wozu er kommentierend als Merkmal der Liturgie nicht die Erbaulichkeit, sondern das Spielerische hervorhebt. Dazu gehört, daß Pavese in der kommunistischen Tageszeitung »L'Unità« in Turin eine Besprechung von Raffaele Pettazonis *Miti e leggende,* einer Auswahl aus Märchen und Legenden der Primitiven, mit dem Titel »Erzählen ist wie Tanzen« veröffentlichte. Er machte dabei auf die unzähligen Beispiele von Stilisierung aufmerksam, »das heißt, die Suche nach einem Rhythmus, nach Symmetrien und Kadenzen, die hinter den Dingen und den Ereignissen der äußeren Wirklichkeit in Erscheinung treten«.

Die Dialoge der *Gespräche mit Leuko* (mit Ausnahme des abschließenden) werden durch einen kurzen Kommentar eingeführt, der die Kenntnis der griechischen Mythologie voraussetzt. Der rapide Rückgang klassischer Schulbildung in den letzten Jahrzehnten ist daher dem Verständnis der *Gespräche* gewiß nicht förderlich. Der erste Dialog »Die Wolke« schlägt die für eine Reihe von Gesprächen zentrale Thematik an: die Bezwingung der vorolympischen Gottheiten durch die Olympier. Walter Friedrich Otto (sein Name taucht in Paveses Korrespondenz wiederholt auf) hat diesen Gegensatz in seinem 1934 erstmals veröffentlichten Standardwerk *Die Götter Griechenlands* klar herausgestellt:
»Der alte Glaube ist erdgebunden und dem Element verhaftet, ganz wie das alte Dasein selbst. Erde, Zeugung, Blut und Tod sind die großen Realitäten, von denen er beherrscht wird. Jede von ihnen hat ihren eigenen heiligen Umkreis von Bildern und Notwendigkeiten, und sie lassen sich durch keine Freiheit der Vernunft etwas von der Strenge ihres Hier und Jetzt abdingen. Gütig und segensreich für den, der ihnen treu bleibt, furchtbar für jeden, der sie – einerlei ob aus Willkür oder aus Not – mißachtet, schließen sie das Leben der Gemeinschaft und des Individuums in ihre unabänderlichen Ordnungen ein. Sie sind eine Vielheit, aber sie gehören demselben Reiche an, und sie sind nicht bloß miteinander verwandt, sondern alle fließen zusammen in eine einzige große Wesenheit. Wir sehen es an den Gottheiten, in denen sie sich repräsentieren: alle gehören der Erde an, alle haben teil am Leben wie am Tod; wie sie auch im besonderen

beschaffen sein mögen, man kann sie alle als Erd- und als Totengottheiten bezeichnen.«

Georges Dumézil hat in seinem Buch *Les problèmes des Centaures* die Bestrafung Ixions durch Zeus erzählt und erläutert. Ixion, der Hera begehrte und zu vergewaltigen versucht hatte, wurde von Zeus durch eine ihr gleichende Wolke betrogen, mit ihr zeugte er die Kentauren. Im Gegensatz zur Version des Mythos kommt es Pavese darauf an, jene titanische Welt zu beschwören, »in der es den verschiedensten Naturen erlaubt war, sich zu vermischen. So wuchs die Zahl jener Ungeheuer, gegen die der Olymp sich dann unversöhnlich gezeigt hat.«

Eine Gottheit des Übergangs ist Hermes. Seine Eigenschaften erinnern in manchen Zügen an altertümliche Vorstellungen des Numinosen. Darum gehe es nicht in dem »Die Stuten« betitelten Dialog zwischen dem chthonischen Hermes und dem Kentauren Chiron, versichert Pavese in seiner Vorbemerkung, sondern um die Bedeutung der Tatsache, daß der gute Arzt Asklepios einer Welt von göttlichen, tierischen Metamorphosen entstamme. Chiron erinnert Hermes an jene Zeit, als das Tier und der Sumpf Stätten der Begegnung von Menschen und Göttern waren, während jetzt die Olympier durchbohren, zerstören und töten, »wenn das Chaos überströmt in das Licht, in ihr Licht«.

Quelle für Paveses Kenntnis der vorolympischen Gottheiten waren Paula Philippsons *Untersuchungen über den griechischen Mythos* und die von ihr erörterte thessalische Mythologie, wie er Mario Untersteiner in einem Brief vom 7. Mai 1948 versichert.

Die Dialoge »Die Blume« und »Das Wildtier« kreisen um Apollon und Artemis. Es ist bezeichnend, daß die Olympier mit ganz wenigen Ausnahmen (abgesehen von Hermes, »dem menschenfreundlichsten unter den Göttern«) fast nie

Gesprächspartner sind. Ihre Handlungen und Auftritte werden hingegen von den ihnen unterworfenen Titanen, Kentauren, Nymphen kommentiert. Das Kennzeichen der neuen Götter ist die Ferne, die Distanz und der von ihnen ausgehende numinose Schauder.

In dem Dialog »Die Blume« sprechen Thanatos und Eros über den von einem herabfallenden Diskos Apolls getöteten Hyakinthos: »Die Sterblichen sagen sich schon, daß es ein Unglücksfall war. Niemand bedenkt, daß der Strahlende nicht gewohnt ist, mit seinen Würfen zu fehlen.« Zu jenen Sterblichen gehörte auch noch Walter F. Otto, der davon redet, daß der Herr der Gymnasien und Palästren »selbst einst den jungen Hyakinthos geliebt und beim Wettspiel unglücklicherweise mit dem Diskos getötet«.

Für Pavese hingegen ist das Entscheidende an der Episode, daß der unerbittlich Strahlende gar nicht weiß, was Weinen ist: »Das wissen wir anderen (...), die wir schon lebten, als der Olymp nur ein verödeter Berg war.«

Nie hat Pavese eindrucksvoller eine Begegnung zwischen Menschen und Göttern geschildert als in dem »Das Wildtier« betitelten Dialog zwischen Endymion und einem Fremdling. Endymion spricht von der Theophanie der Artemis auf einer Waldlichtung, von dem geheimnisvollen Schauder, weil es »dort eine Blume gibt, eine Beere, die du kennst, die im Winde schwankt, und diese Beere, diese Blume zwischen allem Wilden etwas Wildes, Unantastbares, Tödliches ist«.

Der Theologe Rudolf Otto hat in seiner seit 1917 mehrfach aufgelegten Abhandlung *Das Heilige. Über das Irrationale in der Idee des Göttlichen und sein Verhältnis zum Irrationalen* dem für religiöse Erfahrung grundlegenden »mysterium tremendum«, dem Schauervollen und dem »ganz Anderen« eindrucksvolle Seiten gewidmet. Die Theophanie der Artemis in dem Gespräch »Das Wildtier« zeigt, was Rudolf Otto damit meinte.

Auch noch der Dialog »Die Mutter« hat die vorolympische Religion zum Hintergrund. Hermes geleitet Meleagros zur Unterwelt. Dieser war von seiner Mutter Altheia dem Untergang geweiht worden, weil er ihren leiblichen Bruder im Krieg erschlagen hatte. Der Mythos basiert auf den erst später vom Patriarchat abgelösten matriarchalischen Strukturen. Verwandtschaftsgrade waren zu jener Zeit noch anders gewertet. Hierum geht es jedoch bei Pavese nicht, sondern um die Mutter-Sohn-Beziehung schlechthin. Meleagros wird von Hermes belehrt: »Euer Leben ist immer im Brandscheit, und die Mutter hat euch aus dem Feuer gerissen, und ihr lebt halb verbrannt. Und die Leidenschaft, die mit euch ein Ende macht, ist noch jene der Mutter. Was anderes seid ihr, wenn nicht ihr Fleisch und Blut?«
In einer Reihe von Dialogen wird das Lächeln der Götter als Ausdruck der Distanz zu den Menschen und zu deren Schicksalen geschildert. Dies gilt nicht nur für den Apoll des Dialogs »Die Blume«, sondern auch für Kirke und Leukothea in dem zwar zuerst niedergeschriebenen, aber dann erst an achtzehnter Stelle eingefügten Gespräch »Die Hexen«. Kirke berichtet darin Leukothea von der Begegnung und ihrem Zusammenleben mit Odysseus: »Odysseus begriff nicht, weshalb ich lächelte. Er begriff häufig nicht einmal, daß ich lächelte. Ich glaubte einmal, ihm erklärt zu haben, warum das Tier uns anderen Unsterblichen näher ist als der kluge und mutige Mensch. Das Tier, das frißt, das bespringt und das kein Gedächtnis hat. Er antwortete mir, daß ihn ein Hund in der Heimat erwarte, ein armer Hund, der vielleicht tot sei, und er nannte mir seinen Namen. Verstehst du, Leuko, jener Hund besaß einen Namen.«
Pavese nennt Kirke in seiner Vorbemerkung zum Dialog »Die Hexen« »eine urzeitliche, mittelmeerische und unter ihren Rang gesunkene Göttin«. Karl Kerényi hat 1944 in

seiner Aufsatzsammlung *Töchter der Sonne* das Wesen der Magierin umschrieben:
»Es handelt sich da eben um keine Frau, keine Menschin, nicht einmal um eine gewöhnliche Männin, sondern um eine Urzauberin, und diese ist so beschaffen, daß, sobald ihre Zauberkreise durchschnitten werden, ein Aphrodisisches Urwesen den sonst Gefeiten, Ungebannten umarmt. Der Kreis, jene wesentliche Umgrenzung, innerhalb deren die Zaubermacht ihre besondere Zauberwelt erschafft, ist gleichsam um den Palast der Kirke und auch in ihrem Namen da. ›Kirkos‹, lautlich entsprechend dem lateinischen ›circus‹, der dem ›circulus‹, ›Kreis‹, zugrunde liegt, heißen im Griechischen kreisende Raubvögel, ja einmal auch eine kreisend umherwandelnde Wolfsart, bei Homer eine Habichtsart. ›Kirke‹ ist das Femininum dazu. Ein passender Name für eine Sonnentochter, denn Kreisen ist die Sonnenbewegung.«
Im Gegensatz zu der Gesetzmäßigkeit, Voraussehbarkeit und Unveränderlichkeit göttlichen Daseins steht das Schicksal der Menschen. Hölderlins Name taucht in den Schriften Paveses zwar nicht auf, und *Hyperions Schicksalslied* wird von dem Italiener nirgends erwähnt, aber gerade einem deutschsprachigen Leser muß auffallen, wie sehr sich beide Dichter in ihrer Auffassung des Göttlichen ähneln.
Dialoge wie »Die Menschen«, »Das Mysterium«, »Die Sintflut«, »Die Musen« und der die *Gespräche* abschließende Dialog »Die Götter« haben die von dem Menschen nach der Sintflut verwirklichte neue Ordnung zum Gegenstand. Pavese hat in diesen Texten sein gesellschaftliches und politisches Credo ebenso eindeutig niedergelegt wie sein literarisches.
In dem kurzen Vorwort zu den *Gesprächen* versichert der Dichter, der »sicherste – und rascheste – Weg zum Staunen sei der: unerschrocken immer den gleichen Gegenstand fest

im Auge behalten. Auf einmal erscheint uns dann dieser Gegenstand – wunderbar – so, als hätten wir ihn niemals gesehen.«

In dem vorletzten Dialog »Die Musen« greift Pavese dieses für ihn zentrale Thema in der Frage der Muse Mnemosyne an Hesiod noch einmal auf, da es den Menschen mit Hilfe der Dichtung gelingt, sich über das Einerlei des Daseins zu erheben: »Hast du dich nicht gefragt, weshalb ein Nu, so vielen vergangenen gleich, dich mit einemmal froh machen muß, glücklich wie einen Gott? Du hast den Ölbaum betrachtet, den Ölbaum auf dem Sträßchen, das du durch Jahre tagtäglich gingst. Und da kommt der Tag, an dem dich der Unmut verläßt, und du liebkost den alten Stamm mit den Blicken, fast so, als wäre er ein wiedergefundener Freund, der dir gerade jenes einzige Wort sagt, das dein Herz sich erharrte. Ein andermal ist es irgendeines Wanderers flüchtiger Aufblick. Ein andermal wieder der Regen, der seit Tagen nicht nachläßt. Oder der gellende Schrei eines Vogels. Oder eine Wolke, von der du glaubst, du habest sie schon einmal gesehen. Die Zeit steht für einen Augenblick still, und das gewöhnliche Ding, das spürst du im Herzen, als ob das Vor- und Nachher nicht mehr bestünde. Frugst du dich nie nach seinem ›Warum‹?«

Das abschließende Gespräch »Die Götter« ist von der elegischen Grundstimmung getragen, daß auch diejenigen, die fernab, entlang dem Meer oder in Feldern, leben, jenes andere, jene Begegnungen verloren haben. Ein zwischen dem 27. und 29. Januar 1950 niedergeschriebener Aufsatz »Der Mythos«, den Pavese nur wenige Monate vor seinem Tod veröffentlicht hat, faßt noch einmal die Bedeutung der durch die Offenbarung des Numinosen ausgezeichneten Orte zusammen:

»Ein Heiligtum ist der mythische Ort, wo sich eines Tages

das Göttliche kundgetan oder offenbart hat (*tactus de coelo,* ein Blitz ist vom Himmel gefahren), der einzige Ort von allen Orten, an dem der Gläubige irgendwie, durch seine Gegenwart, durch Kontakt, durch seine Augen, an dieser Offenbarung teilnimmt. Diese vervielfältigt sich mit der Zeit, gerade weil sie das erste Mal außerhalb der Zeit stattgefunden hat, und begründet somit die volle mythische Realität des Berges. Was empfindet der Gläubige in der Begegnung mit dem heiligen Berg? Für ihn bleibt die Zeit stehen, einen schwindelerregenden Augenblick lang schaut und spürt er die Einmaligkeit des Ortes, der das verkörperte Symbol seines Glaubens und innerster Kern seines geistigen Lebens ist. Die Beschaffenheit des mythischen Gegenstandes ist ohne Bedeutung; es kann sich um eine komplizierte Liturgie oder einen einfachen Felsen handeln, er *drückt* das Göttliche nicht *aus,* sondern *ist* es, er ist ein ›metaphysisch Wahres‹.«

Über die Gründe von Paveses Freitod am 27. August 1950 in einem Zimmer des Hotels Roma, nicht weit vom Turiner Hauptbahnhof Stazione Nuova, ist trotz der letzten Bitte des Schriftstellers viel gerätselt und viel geklatscht worden. Die *Gespräche mit Leuko* vermitteln eine differenziertere Antwort auf die von Paveses Selbstmord aufgeworfenen Fragen als biographische Details, belegen aber auch die eindrucksvolle Geschlossenheit seines Werks, von den frühen Gedichten bis zu seinem letzten Roman *Der junge Mond,* in dem der Schriftsteller die nur wenige Jahre zurückliegenden Ereignisse des Partisanenkriegs im Sinne Frazers und Kerényis ins Mythische entrückte, um die subjektiven Erfahrungen zu objektivieren, wie es Kennzeichen jeder klassischen Dichtung ist.

Johannes Hösle

Inhalt

»Christoph Ransmayrs gewagtes Spiel mit Ovid (...)
ist eine traumverlorene Gratwanderung zwischen den Zeiten
und den Texten, einer der schönsten Romane
der Gegenwart.«
DIE ZEIT

Christoph Ransmayr
Die letzte Welt

Roman

Band 9538

Christoph Ransmayrs Roman ›Die letzte Welt‹ war das Ereignis des Bücherherbstes 1988.
In seinem von der Kritik hymnisch gefeierten und wegen seiner wunderbar poetischen, rhythmischen Sprache, seiner stilistischen Eleganz, seiner bildmächtigen Traum- und Alptraumwelten hochgelobten Roman ist die Verbannung des römischen Dichters Ovid durch Kaiser Augustus im Jahre 8 n. Chr. der historisch fixierte Ausgangspunkt einer sehr phantasievollen Fiktion. Ein (durch Ovids ›Briefe aus der Verbannung‹) ebenfalls historisch belegter Freund Ovids, der Römer Cotta, macht sich in Ransmayrs Roman auf, in Tomi am Schwarzen Meer sowohl nach dem Verbannten selbst zu suchen – in Rom geht das Gerücht von seinem Tod –, als auch nach einer Abschrift der ›Metamorphosen‹, des legendären Hauptwerks von Ovid.
Cotta trifft in der »eisernen grauen Stadt« Tomi jedoch nur auf Spuren Ovids, sein verfallenes Haus im Gebirge, seinen greisen Diener Pythagoras und, je komplizierter und aussichtsloser sich die Suche gestaltet, auf immer rätselhaftere Zeichen der ›Metamorphosen‹, in Bildern, Figuren, wunderbaren Begebenheiten. Bis sich zuletzt Cotta selbst in der geheimnisvoll unwirklichen Welt der Verwandlung zu verlieren scheint: die Auflösung dieser »letzten Welt« ist wieder zu Literatur geworden.

Fischer Taschenbuch Verlag

fi 1170/1

Literaturwissenschaft

Herman Meyer
Das Zitat in der Erzählkunst
Zur Geschichte und Poetik des europäischen Romans
Band 6883

Walter Müller-Seidel
Die Deportation des Menschen
Kafkas Erzählung »In der Strafkolonie« Im europäischen Kontext
Band 6885

Georges Poulet
Metamorphosen des Kreises in der Dichtung
Band 6879

Wolfgang Promies
Der Bürger und der Narr oder das Risiko der Phantasie
Sechs Kapitel über das Irrationale in der Literatur des Rationalismus
Band 6872

Marthe Robert
Das Alte im Neuen
Von Don Quichotte zu Franz Kafka
Band 7346
Einsam wie Franz Kafka
Band 6878

Viktor Šklovskij
Theorie der Prosa
Band 7339

Walter H. Sokel
Franz Kafka
Tragik und Ironie
Band 1790

Leo Spitzer
Texterklärungen
Aufsätze zur europäischen Literatur
Band 10082

Torsten Teichert
»Herzschlag außen«
Die poetische Konstruktion des Fremden und Eigenen im Werk Hubert Fichtes
Band 6875

Joachim Unseld
Franz Kafka
Ein Schriftstellerleben
Band 6493

Gisela von Wysocki
Peter Altenberg
Bilder und Geschichten des befreiten Lebens
Band 6457
Weiblichkeit und Modernität
Über Virginia Woolf
Band 6459